尹承东 赵德明 主编

〔巴拉圭〕胡安·曼努埃尔·马科斯 著

尹承东 王小翠 译

诗与歌

中央编译出版社
Central Compilation & Translation Press

图书在版编目(CIP)数据

诗与歌 ／（巴拉圭）马科斯著；尹承东，王小翠译．
—北京：中央编译出版社，2016.3（2016.6重印）
ISBN 978-7-5117-2967-5

I. ①诗⋯ II. ①马⋯ ②尹⋯ ③王⋯ III. ①诗集－巴拉圭－现代
IV. ① I781.5

中国版本图书馆 CIP 数据核字 (2016) 第 045245 号

诗与歌

出 版 人：	刘明清
出版统筹：	董　巍
责任编辑：	韩慧强　王媛媛
责任印制：	尹　珺
出版发行：	中央编译出版社
地　　址：	北京西城区车公庄大街乙 5 号鸿儒大厦 B 座（100044）
电　　话：	(010) 52612345（总编室）　(010) 52612363（编辑室）
	(010) 52612316（发行部）　(010) 52612317（网络销售）
	(010) 52612346（馆配部）　(010) 66509618（读者服务部）
传　　真：	(010) 66515838
经　　销：	全国新华书店
印　　刷：	山东鸿君杰文化发展有限公司
开　　本：	880 毫米 ×1230 毫米　1/32
字　　数：	142 千字
印　　张：	7
版　　次：	2016 年 6 月第 1 版第 2 次印刷
定　　价：	38.00 元
网　　址：	www.cctphome.com　　邮　箱：cctp@cctphome.com
新浪微博：	@ 中央编译出版社　　微　信：中央编译出版社（ID：cctphome）
淘宝店铺：	中央编译出版社直销店 (http://shop108367160.taobao.com) (010)52612349

本社常年法律顾问：北京嘉润律师事务所律师　李敬伟　问小牛
凡有印装质量问题，本社负责调换，电话：010-55626985

前　言

——胡安·曼努埃尔·马科斯《诗与歌》之同心圆

特雷西·K·刘易斯

美国，纽约奥斯威戈

　　正如所有伟大文学作品一样，此刻呈现在读者眼前的乃是一个汇合点、一个经语言电光火石碰撞而成的无数镜头的交错点。因此，若不对流淌于作者指尖笔头的来龙去脉加以琢磨便妄言"这位或那位作家的作品"是毫无意义的。毋庸置疑，这确为"胡安·曼努埃尔·马科斯的诗集"，而正因为他，《诗与歌》乃成其所处时代与空间的结晶，象征着20世纪70、80年代的巴拉圭。不仅如此，其中更凝结了多个时代与空间的缩影，也包括你们的，读者朋友。作品字里行间的魅力、诗人的渊博学识、精湛技巧、坚定亲切的笔调总能迅速打动读者，使其与作品共鸣、融合、认同。

　　对一位巴拉圭诗人而言，这可不算易事。特殊的历史文化背景注定当时巴拉圭遭受的消极异端使其隔绝于拉美大陆乃至国际社会。诸位很难在拉美其他地方或其他大陆看到一个如此孤立、反常、自我封闭的国家。然而，《诗与歌》的妙处恰在于利用异常映射人性。当巴拉圭经受所有的孤僻、历史厄运和不懈斗争时，我们始终与之同在。

历史背景

为方便理解这看上去略显极端的阐述，很有必要在此列举一些非巴拉圭籍读者鲜少知悉的基本史实。如您所料，我们将以诸位喜闻乐见亦深得作者支持的方式切入这段历史。在此不求对弗朗西亚等历史人物、洛佩斯及斯特罗斯纳家族、三国同盟战争、查科战争及构筑巴拉圭历史的各股力量做出不偏不倚的公正评价。众所周知，对历史的解读总有差异，是时候将那些众说纷纭抛开，以巴拉圭视角回顾一个至今在他国不为人知又不可或缺的年代了。如若不然，便是剥夺读者了解鼓舞诗人创作的历史背景的权利了。

我们将以年代顺序列举有关史实，不求甚解[1]。

1536——佩德罗·蒙多萨率领西班牙远征军首次建立布宜诺斯艾利斯，后地基因土著人攻击遭到破坏[2]。

1537——蒙多萨部下胡安·德萨拉萨尔建立今巴拉圭首都亚松森。因布宜诺斯艾利斯毁坏严重，亚松森成为16世纪西班牙在南美的权力中心。

1580——布宜诺斯艾利斯旧城修缮，今日布市即在其

---

[1] 如前所述，马科斯的历史观或不具普遍性，但并不意味着其诗集排斥异见者。诗歌世界广于历史，但求读者以人性思维评鉴，而非拘泥于历史学角度。

[2] 相关历史资料见 www.buenosaires.gob.ar。

基础上逐步扩建而成，影响力也与日俱增。二次建城由胡安·德加拉伊自亚松森派军实施。

1587——这一体制得到西班牙国王费利普二世及其继任者的支持，但也引起部分土生西班牙人及印欧混血种人的不满[1]。

1723——出生于巴拿马的律师何塞·德安德格拉·伊卡斯特罗领导主张巴拉圭独立的印欧混血种人发动起义，推翻总统迭戈·德洛斯·雷耶斯·巴尔马塞达统治。这也被认为是19世纪印欧混血种人独立运动的前奏。起义诱因之一即印欧混血种人对雷耶斯·巴尔马塞达获益甚多的耶稣会极为不满。雷耶斯政权在起义中垮台，独立运动也以失败告终。安德格拉被囚禁于利马并处死[2]。

1767——在西班牙及葡萄牙国内反耶稣会力量的强烈要求下，西班牙国王卡洛斯三世颁布政令，驱逐南美耶稣会。耶稣会士在大陆约一个半世纪的传教成就遭到破坏，大批皈依天主教的土著人村落被迫拆除，数万瓜拉尼人流离失所[3]。

1776——拉普拉塔总督区成立。

1810——起义者在布宜诺斯艾利斯一所教堂内发表独立宣言。两个月后，亚松森也宣告独立，但拒绝接受布市独立运动的统一领导。

1　见 www.newadvent.org.cathen/126886.htm。
2　另有1730年费尔南多·德莫伯克斯·伊萨亚斯领导的印欧混血人起义。两次起义被看作后来整个殖民地脱离西方世界统治获得独立的重要起点。
3　见 www.newadvent.org.cathen/126886.htm。

1811年初——阿根廷解放者曼努埃尔·贝尔格拉诺自布市派兵出击巴拉圭。尽管后被西班牙王室支持的巴拉圭军队击溃，但独立主张在巴深入人心。

1811年5月——巴拉圭宣布独立。弗尔亨西奥·耶格罗斯、费尔南多·德拉莫拉、佩德罗·胡安·卡瓦耶罗、弗朗西斯科·哈维尔·波加林、何塞·加斯帕·罗德里格斯·弗朗西亚等五人成立领导委员会并组阁政府，声明将履行主权独立、自由平等承诺；主张按照德拉莫拉起草、委员会全体签署的"1811年7月20日纪要"按总督区划分省份建立联邦制国家。

弗朗西亚，葡萄牙籍马基雅维利主义神学家，善用手腕独揽大权，被公认为大独裁者。压制中高等教育发展；监禁、残害、处决多位独立运动先驱；切断巴拉圭与外界沟通渠道；阻挠国家现代化与文化事业发展；声称一切联邦制方案都将无疾而终；拉普拉塔河流域各省在其治下日益分裂成葡萄牙帝国属地，后归巴西所有；其制造的恐怖阴霾至其离世方才慢慢散去。

1811至1820年——联邦制拥护者、乌拉圭人何塞·赫尔瓦西奥·阿蒂加斯再次掀起广泛独立运动大旗，后被叛变并流放至弗朗西亚管辖的巴拉圭边境地区，直至去世。

1828年——乌拉圭东岸共和国成立。誓死追随联邦制的阿蒂加斯曾设想将所有总督区省份，即巴拉圭、乌拉圭、阿根廷和今玻利维亚的圣克鲁兹德拉塞拉等地区均纳入联邦共和国版图。

1840年——独裁者弗朗西亚去世。

1844年——律师出身的卡洛斯·安东尼奥·洛佩斯在经过3年历练积累后全面执掌巴拉圭政权。卡全面扭转了弗朗西亚施政方向,积极推动巴拉圭同国际社会接轨,努力发展教育和文化事业,派遣大批留学生赴欧深造,聘请来自英国等欧洲国家的教师、技师和专业人才,鼓励发展科技,修筑铁路、造船厂、兵工厂及市政工程等,促进经济全面繁荣,重启同阿根廷、乌拉圭等历来主张联邦制的国家对话。上述改革举措也引起后将今南马托格罗索州(当时仍为巴拉圭领土)据为己有的巴西的忌惮。

1853年——为建立并巩固同欧洲大陆的政治联盟,卡洛斯长子——弗朗西斯科·索拉诺·洛佩斯将军——赴欧接受军事培训,并在法国结识了美丽的爱尔兰姑娘埃丽莎·林奇。后埃随其返巴拉圭,育有7子,并在三国同盟战争失败后始终陪伴索拉诺至其离世。

1862年——卡洛斯·安东尼奥·洛佩斯逝世,弗朗西斯科·索拉诺·洛佩斯继承政权。

1864年12月——巴拉圭独战巴西、阿根廷和乌拉圭的三国同盟战争爆发。战事起因为巴拉圭巴西间的领土争端,后巴西利用阿根廷和乌拉圭的政治腐败诱使两国同其联合作战。尽管面对地域封锁困境,巴拉圭仍首战告捷,从而延长了战期,但最终依然落败,领土面积缩小25%,80%的男性公民也在战争中牺牲[1]。

1870 年 1 月——巴西军队纵火焚烧了位于皮里韦维市的伤兵医院，屠杀了阿克斯塔努的 3500 名幼儿，并将在最后一战——塞罗科拉战役——中缴械投降的巴拉圭总统索拉诺·洛佩斯暗杀。

1880 至 1936 年——据巴拉圭历史学家胡安·E.奥利里、曼努埃尔·多明格斯及曼努埃尔·孔多拉考证，经过继任者埃里西奥·阿亚拉和拉斐尔·弗朗哥等人励精图治，为捍卫民族独立献身的英雄索拉诺·洛佩斯的时代辉煌再现。自由体制下的巴拉圭法度先行，在圣贝纳迪诺·卡瓦耶罗、埃米利奥·阿塞瓦、爱德华多·舍雷尔、埃里西奥·阿亚拉及何塞·帕特里西奥·库格希亚利等伟大政治家治理下渐渐走出战争阴霾，踏上复苏之路。

1932 至 1935 年——玻利维亚与巴拉圭因领土争议爆发血腥的查科战争。在自由派当政者尤西比奥·阿亚拉及曾受训于法国的将领何塞·费利克斯·埃斯蒂加里维亚带领下，巴拉圭最终获胜，占疆土 60% 的查科地区归属正式合法化。

1947 年——法西斯荼毒开始浸入受二战影响的巴拉圭军营并引爆内战。受阿根廷当权者胡安·庇隆支持的政府军、保守派及民粹派获胜，包括奥古斯托·罗亚·巴斯托斯在内的大批优秀知识分子流亡国外。

---

[1] 关于三国同盟战争巴拉圭人口死亡数字亦有其他资料记载低于本文所述，如见托拉迪奥多著作第 456 至 461 页。但即便接受其他更低统计，此战对巴拉圭人口的毁灭性的灾难亦无可否认。

1954 至 1989 年——集腐败、奸诈、残暴于一身的大独裁者阿尔弗雷多·斯特罗斯纳统治时期。掀起白热化反共浪潮的独裁体制得到历届美帝反动政府、阿根廷民粹主义及对其肆意玩弄如傀儡的巴西军人政权的支持。血腥镇压致使大批巴拉圭公民被放逐邻国及欧美地区，同时对国内反对言论大肆封锁，人人自危，噤若寒蝉。本诗集作者胡安·曼努埃尔·马科斯先生亦于 1977 至 1989 年间流亡他乡。

1989 年至今——后独裁时代。尽管民主政体得以重建，但因制度建设缺失、忽视人口增长及腐败成灾，其根基十分薄弱。1989 年 2 月，年迈的斯特罗斯纳被军事政变推翻，后军人政权继续把控朝局直至 2008 年左翼执政联盟通过大选上台当政[1]。

1991 年至今——巴拉圭作为创始国加入南方共同市场，也称"南共市"，其他创始国为阿根廷、巴西、乌拉圭，以西班牙语、葡萄牙语及瓜拉尼语为官方语言。除后加入的委内瑞拉外，另有智利、玻利维亚、哥伦比亚、厄瓜多尔及秘鲁等联系国。2012 年，总统卢戈遭弹劾下台及因此引发的政治危机令巴拉圭被终止成员国资格，后随委内瑞拉正式加入该组织而恢复成员国身份[2]。

任何有关巴拉圭历史分析的著作皆能看到奥古斯托·罗

1　本文所有历史资料均源于《巴拉圭锻造者》及《拉丁美洲历史》两书。尽管后者年代久远且对巴拉圭评价有失偏颇，但仍是重要基本信息来源。有关弗朗西亚、阿尔蒂加索、洛佩斯家族、三国同盟战争及 1880 至 1936 年等历史信息则源于 2014 年 11 月同胡安·曼努埃尔·马科斯的私人对话。

2　关于停止巴拉圭成员国资格及后重新加入可见 http://agenciabrasil.ebc.br/en/internacional/noticia/2014-07。

亚·巴斯托斯关于该国"大陆孤岛"的说法已成常事[1]。本文再次引用并非出于对这位巴拉圭作家的谄媚讨好，而是这"陈词滥调"明白道出了巴拉圭最深重久远的真相。自16世纪被纳入西班牙帝国版图，巴拉圭总显得与周遭格格不入，游离于东部安第斯地区之外，难以融入南部阿根廷世界，更无法与东、北相邻的葡萄牙霸权分庭抗礼，边界不稳，战事不断，为不被吞并淹没而苦苦相争。

无论部分历史学家如何否定地缘位置的特殊意义，其对巴拉圭历史沿革都具有决定性作用。巴拉圭曾经是、在某种程度上仍将是典型的内陆国[2]。在整个殖民时期、整个19世纪、乃至进入20世纪后，内陆性都是巴拉圭发展或次发展进程中不可回避的话题[3]。缺乏海岸线、借他国管控河流所得的争议性出海口及大面积迄未穿越的雨林地带皆是除玻利维亚外其他南美国家未曾面临的多重复杂情形。前文所述历史年表不乏事实论证：与其他西班牙殖民辖区迥然不同的长达一个多世纪的"耶稣会乌托邦"的存在、独裁者弗朗西亚轻而易举的自我封锁及仅靠巴拉圭河岸乌迈塔要塞便延展三国同盟战争战期的巧妙手段。事实上，出海口问题是引发给巴拉圭带来灾难性破坏的三国同盟战争的潜在诱因。

---

1 罗亚在其《巴拉圭作家流亡录》一文中曾提到，妄图控制巴拉圭的各国犯下重重恶行，最终使其成为大陆中心孤岛（第29页）。然而，许多评论家却掐头去尾，偏执于"大陆孤岛"。诸如此类另有多个案例，如希姆莱特著作第十五章首句便是如此。
2 见郝睿强文章第46、47页。
3 见托拉迪奥多著作第199、210至216页及250页。

然而，为全面清晰明了巴拉圭隔绝之根源，地缘因子之外不得不提及关键性的人文要素：殖民者与被殖民者、欧洲遗产与土生遗产之间的奇特关系。西班牙殖民主义遗留的巴拉圭耶稣会历史其非凡性不仅在于独有的神权政治特点，更在于其存在意义：保卫并繁荣经布道而信教的瓜拉尼聚居区。当然，耶稣会士对瓜拉尼人实行严格管理[1]，但将有限幸存居民聚集保护的方式遏制了巴西奴隶贩子的惨烈买卖及西班牙殖民者的贪婪凶猛，瓜拉尼语得以保留且在此过程中奠定了后来巴拉圭混血儿讲瓜拉尼语的基础。更自此生出世上闻所未闻之事：一个殖民者占多数的社会接受了被殖民者的语言。比如，与秘鲁不同的是：土生印第安语不仅仅为印第安人所用，更扩展至全国范围。印第安人占当今巴拉圭总人口2%[2]，全国50%人口为瓜拉尼语和西班牙语双语者，37%人口仅使用瓜拉尼语。也就是说，87%人口会说瓜拉尼语，完全只说西班牙语的仅占7%[3]。这并不意味着相比其他拉美国家巴拉圭印第安人未遭受太多蹂躏，恰恰相反，有过之而无不及[4]。但的确说明巴拉圭拥有的历史语言差异带给自身自豪感

---

1 苏斯尼克及查塞·萨尔迪所著书中对耶稣会严厉多有描述，甚至达到操控及滥用权力地步。见第72至83页。
2 2%中有的并非瓜拉尼族，且2%为能被公众认可的最低数据。由于自然地理及社会原因，难以实现完全统计，真实数字应更高。
3 其余6%讲其他印第安语或原移民地语言。材料均源于1992年统计数据，尽管略为老旧，但基本代表了巴拉圭当前语种分布。加莱亚诺·奥利维拉著作第10页即有引用。更新数据可见《观点》一文。
4 见苏斯尼克及查塞·萨尔迪所著第275至279页、第288至290页。也可参考罗亚·巴斯托斯《注定消失的文化》第21至29页。

的同时，也使其孤立于地区其他国家。

　　当然，根植于民族意识的不止瓜拉尼语，还有语言背后的宇宙观、处世态度、神话传说和信仰，这些前殖民地文化遗产均以巴拉圭土生语言完整流传下来。因此，巴拉圭文学也成为神话与民俗、欧洲风格与印第安元素共生而成的绝无仅有之复杂混合体。如此，现代巴拉圭人方能或玩笑或认真地聊起鸟蝉精灵、幽灵鬼等混杂西班牙语和瓜拉尼语的超自然体、方能夜行于乡间小路时在黑暗中集中精神、方能仍以前殖民地图腾"美洲虎"和"无恶之境"为政治远景和文学象征[1]。

　　我并不是以此类事实道出巴拉圭内陆性的第一人，至此我们的分析也尚无独到之处，但若论及巴拉圭争取外向性的夙愿倒是能阐明一二。若说巴拉圭是自甘孤独、隐居于穴的山僧，实在是谬断。纵观历史，巴拉圭始终在内向差异与外向渴望间寻求艰难平衡，结局或成功、或悲惨。上述历史年表对此便有表述：布宜诺斯艾利斯与亚松森在殖民地时期先后作为权力中心的地位转换、巴拉圭独立运动领袖与邻国解放者诸如阿尔蒂加斯等之间的复杂关系、因领土争议引发的

---

[1]　或许对此象征性的最好说明便是胡安·曼努埃尔·马科斯《甘特的冬天》一书，详见第1部分第1章。

三国同盟战争带来的大屠杀[1]、数万流亡者重回故土的义无反顾及其后所做的突出贡献和南共市成立及运行过程中巴拉圭时而备受争议的主角身份等。显而易见，罗亚·巴斯托斯的论断还须略加调和：巴拉圭确为大陆孤岛，但仍渴望走向外界广为联络，同时又在巨大生存压力下惴惴不安。

作者生平及写作背景

当然，将"生存"二字用于一个民族是需些许脑力跳跃的。20世纪中叶著名西班牙思想家阿梅利歌·卡斯特罗于同期杰出作家的社会生存困扰中脱颖而出，用系列光辉著作描绘了该国中世纪及文艺复兴走过的历程。此处重点不在详解卡斯特罗观点，而是其文化前提：即仅在艺术舞台才能对社会全体阅历加以深度衡量解读[2]。艺术家，即众多文学家、思想者，将其作为巴拉圭公民的经历付诸艺术实践，方使我们得以碰触那经历背后的事物本质。

上述典范之一即为胡安·曼努埃尔·马科斯及其代表作

---

[1] 至此尚未对战争责任，特别是洛佩斯角色作出定论。前文所述材料似乎为其塑造了正面形象，但并不表示我们有意掩盖争议。他是引发敌对功绩的拿破仑式自大狂还是以身殉国的正义卫士？我们倾向于第二种观点，但同时也建议读者对争议性评论多加涉猎。反洛佩斯之声最具代表性的莫过于如托拉迪奥多著作，而为其鸣不平之例可见奥科里著作。更新文章可参考胡安·曼努埃尔·马科斯《罗亚·巴斯托斯："爆炸后"先行者》第23至28页。

[2] 在此无需对剖析西班牙中世纪及黄金时代文学作品的卡斯特罗理论作过多阐述，关于社会宗教题材戏剧作品说明可见其著作《论塞万提斯及西班牙纯正文风》及《走向塞万提斯》。

《诗与歌》。在此略列作者生平以供参考。

1950 年生于亚松森，父亲为流放巴拉圭的西班牙共和人士何塞·马科斯，母亲为殖民地时期拉普拉塔首任总督埃尔南达里亚斯（1561—1634）后人阿曼达·阿尔瓦雷斯。

1956 至 1967 年，于巴拉圭圣何塞学校完成小学及中学学业。圣何塞学校原由法国神甫创办，以学术、文学成就闻名，巴拉圭诸多杰出文学家如卡萨西亚、坎波斯·塞韦拉、奥古斯托·罗亚·巴斯托斯、乌戈·罗德里格斯·阿尔卡拉、何塞·玛利亚·戈梅斯·圣胡尔赫、何塞·路易斯·阿普尔亚德曾就读于此。

1970 至随后几年，同马内科·加利亚诺、密托·塞格拉、卡洛斯·诺格拉、何塞·安东尼奥·加利亚诺等人共同成立"青年诗人和音乐家联盟"并担任总协调员，后来发展为"巴拉圭新流行音乐运动"，该组织通过在首都及内陆举办诗歌朗诵会、独奏音乐会等形式成为当时反对斯特罗斯纳独裁统治的文艺基石，也成为巴拉圭诗歌及音乐革新的标杆。

马科斯的诗歌、故事和评论文章先后在《讲坛》《彩色 ABC》《前线》《道路》《激进》《星光》《时代》《行动》等杂志和报刊上发表。1970 年诗集《诗》获得由奥古斯托·罗亚·巴斯托斯、鲁本·巴雷罗·萨吉尔、何塞·戈梅斯·圣胡尔赫等人组成的《标准》杂志评委会颁发的"雷内·达瓦罗斯奖"，成为 60 年代《标准》杂志中坚力量。

1973 年，与加利亚诺、塞格拉、诺格拉等人合著戏剧《洛佩斯》在亚松森首映，广受好评。该剧积极评价索拉诺·洛佩斯的历史功绩，"不独立，毋宁死！""致女公民""阿尔韦迪之歌"等章节均为马科斯所作，在亚松森、布宜诺斯艾利斯等地多个剧院上映并制作成唱片大受欢迎，也成为巴拉圭文化不朽之作。

1971 至 1977 年，先后在母校圣何塞学校、特里萨学校、但丁学校、胡安·拉蒙·丹奎斯特学校、大都会学院、亚松森国立天主教大学等地任教。

1977 年，独裁政府对反斯特罗斯纳武装组织"3 月 1 日运动"实施残酷镇压，并以采取"预防措施"为由，逮捕了大批供职于《标准》杂志但与"3 月 1 日运动"无关的知识分子。许多人在令人不寒而栗的调查部受尽拘禁与滥刑之苦后或被设圈套收监服刑，或暂避于各大使馆、最终流亡。马科斯于当年 7 月被捕，8 月 25 日前往墨西哥使馆避难，期间仅每周二能与妻子短暂会面，12 月收到流亡墨西哥的通行证，而家人仍无法同往。

1978 年，在墨西哥停留约一个月，期间幸得诗人埃尔瓦·马西亚斯及其丈夫、小说家艾拉克里奥·塞佩塔[1]照料。1 月 11 日迁往马德里与家人团聚，任教于当地一所中学并获康普顿斯大学哲学博士学位。

1980 年，举家前往美国宾夕法尼亚州匹兹堡，通过"教务长人文奖学金"及"安德鲁·梅隆奖学金"先后获得匹兹堡大学文学硕士、博士学位。同年，女儿瓦莱里娅·希梅纳

---

[1] 见马科斯关于马西亚斯诗篇。

出生。

1982 至随后几年，携家人前往俄克拉荷马州静水市，并获得美国七大讲堂竞赛第一名。在俄克拉荷马州立大学任教至 1988 年，期间与克洛德·列维·斯特劳斯、汉斯·格奥尔格·伽达默尔、雅克·德里达等人共同创办了颇具影响力的《文学话语》杂志，承办了四届国际学术研讨会、提交 60 多篇学术报告、召开多场专题会议、在多家权威媒体发布 50 多篇评论文章等，杂志编委会更是吸收了包括创刊历史最悠久的《伊比利亚美洲杂志》在内的 16 家业界知名期刊及出版社主力加入，斩获多项殊荣并接连获得耶鲁大学国家人文基金会奖学金、得克萨斯大学奥斯汀分校现代语言协会中南部研究经费、堪萨斯大学（劳伦斯）中部州立大学协会荣誉讲师等。先后任客座助理讲师、助理讲师、副教授、教授等职，并在普渡大学（印第安纳）、南卫理大学（得克萨斯）、加利福尼亚大学洛杉矶分校等多所高校讲堂竞赛中获奖。

1982 年，因《〈我，至高无上者〉的历史谴责意义》一文获墨西哥《至上报》"多数奖"。此文亦收录进其 1983 年坎昆出版社《罗亚·巴斯托斯："爆炸后"先行者》一书。《至上报》由哲学和文学造诣颇高、文风犀利的奥克塔维奥·帕斯创办，其对马科斯文章的多次刊登及转载也奠定了其"爆炸后"关键性研究学者的地位。直至今天，现代语言协会每涉及"爆炸后"研究成果无不提及马科斯，这对时年 33 岁的知识分子而言不可不谓年轻有为。

1984 至 1989 年，因阿根廷总统劳尔·阿方辛不断向军政府施压，马科斯有幸于 1984、1986、1987 年获准回国探亲，但不得久居。1988 年，于亚松森举办声援独裁统治下唯一一家自由媒体"卡里塔斯广播电台"的国际研讨会，罗伯特·肯尼迪基金会会长凯瑟琳·肯尼迪及各大学知名教授，如特雷西·K. 刘易斯、保罗·刘易斯、戈登·坎贝尔、华金·鲁伊斯·希门尼斯、贝亚·约瑟夫等出席，亚松森主教梅尔·罗隆·希尔维罗任主持。

1986 年，马德里起源出版社发行其《从加西亚·马尔克斯到爆炸后》一书，在西班牙语文学研究界反响热烈，意义深远。

1987 年，融入独裁时期自身流亡经历的小说《甘特的冬天》经《标准》杂志集团艺术家兼建筑师的路易斯·阿尔贝托·波编辑出版。由该集团发言人塞普拉多主持的小说发布式场面宏大，近三千人挤满了出版社、附近书店及街道，甚至引得数十名便衣警察出现在人群中。马科斯以此书向自由派领袖埃尔梅斯·拉斐尔·萨吉尔致敬的挑战行为引起独裁当局震怒，明令禁止出版社发行任何有关马科斯作品。然而，几周后阿尔坎塔拉出版社便出版了马科斯诗集《诗与歌》，小说亦于年末获得由塞萨尔·阿方索·拉斯埃拉斯、亚西·冈萨雷斯·德尔瓦略、豪尔赫·贝兹·罗亚、埃里奥·维拉及奥斯瓦尔多·冈萨雷斯·雷阿组成的评委会颁发的"1987 年度图书奖"。

1989 年，迁往美国加利福尼亚州洛杉矶市，并成为该国最具权威西班牙语文学教授之一。不久,独裁政府垮台,马科斯毅然放弃职位、学术地位和美国永久居留权,重返巴拉圭。

1990年,由西班牙部长拉斐尔·阿里亚斯·萨卡多推介的马科斯政治史学著作《如此荣誉:自由文章选集》面世。同年,被任命为致力于公民培训及加强民主体制对话的美国民主党国际学院民主研究中心主任及德国自由党巴拉圭研究中心执行官。

1991年至今,创办北方大学并任校长,学校从未接受任何外界赞助。经过23年发展,北方大学已跻身巴拉圭一流大学之列,现有在校生20000多名,亚松森主校区及卡库佩、卡瓜苏、卡拉瓜泰、东方市、奥维多上校市、康塞普西翁、恩卡纳西翁、伊塔、伊陶瓜、卢克、佩德罗·胡安·卡瓦列罗市、维拉海耶斯、比利亚里卡等地分校毕业生已达23000名。学校举办数场国际研讨会、邀请12位诺贝尔奖得主在内的知名学者精心组织学术讲堂、发行5本科学杂志、建立巴拉圭规模最大的大学出版社及首家高校博物馆、成立多个交响乐、芭蕾及戏剧团、雄厚的师资力量、先进的现代实验室、诊所、图书馆及教学方法、发放奖学金、慷慨回馈社会并向弱势群体免费提供医疗救助、毕业生良好的职业素养及竞争力等均体现出其无可置疑的办学宗旨和改善巴拉圭国民生活、提高其国际地位的道德承诺。

1993至2008年,马科斯当选为国家众议员(1993),并于2003至2008年间任众议员党团发言人及经济文化委员会主席,期间还曾任由阿根廷、玻利维亚、巴西、智利、墨西哥、巴拉圭、秘鲁、乌拉圭及委内瑞拉等国议会文化委员会组成的南共市文化议会主席,也是迄今唯一担任过该职的巴拉圭人。

2001年以后,《甘特的冬天》英文版由特雷西·K.刘易斯翻译并在纽约出版。随后,小说德文、阿拉伯文、孟加拉文、加泰罗尼亚文、韩文、克罗地亚文、中文、法文、爱沙尼亚文、芬兰文、加利西亚文、希腊文、瓜拉尼文、希伯来文、印地文、匈牙利文、意大利文、日文、拉脱维亚文、立陶宛文、马拉地文、波兰文、葡萄牙文、罗马尼亚文、俄文、塞尔维亚文、瑞典文、土耳其文、乌克兰文、乌尔都文、巴斯克文等版本相继翻译出版。关于小说的大量学术报告、论文、演讲及研究成果不断成文发表。作者本人也数次受到巴参、众两院嘉奖,获国防部、文化部授勋,小说还被巴教育部评为"国民教育重要价值"图书。此外,马科斯还获塞尔维亚梅特加仑德大学、美国堪萨斯大学、巴西里约热内卢联邦大学、布宜诺斯艾利斯商业和社会学大学、拉普拉塔国立大学等高校荣誉教授及博士称号。同时,马科斯自十年前便每周搭档主持亚松森查科博雷尔广播电台的"点评"栏目并兼任北方大学电视台顾问。自1991年起在北方大学任教,1995年开始担任国防部高级战略研究院教授。时至今日,马科斯仍笔耕不辍,继续从事文学创作,并在数家专业期刊发表论文、研究文章等[1]。

若诸位质疑上述事实连篇累牍、言过其实，我们认为，鉴于巴拉圭所处特殊时代背景，将马科斯所有经历呈现于公众视野是绝对必要的，更谈不上为其扬名立万，仅助读者理解本诗集酝酿历程及其影响。譬如，重点列举马科斯流亡时期学术成就乃是说明独裁体制倒台后其为重返巴拉圭所付出的代价。至于强调其后期职业生涯则是为诸位了解避世已久的巴拉圭添上几许光亮，在这方面，本书诗篇尤为重要。

读者将通过上述列举材料在《诗与歌》中看到不同回应，特别是察觉诗歌中回溯马科斯的三个人生阶段：1969至1977年间对诗歌的炽热及对独裁的痛恨与反抗；1977年8至12月避难于墨西哥使馆；1977至1989年流亡墨西哥、西班牙和美国。同时，也会看到对作者70年代在亚松森及其后在俄克拉荷马州执教生涯的影射。此外，尽管未在诗歌早期创作中提及，但作者80年代几次短暂回国的表述亦有迹可循，正是在1987年马科斯首次出版了《诗与歌》。

首次出版并非按照写散诗、成文集、再出版的惯例，而是与1987年小说《甘特的冬天》面世密不可分[2]。以动荡岁月的反抗、避难与流亡经历为蓝本的每一首诗，其目的不仅

---

[1] 本文多为浓缩归纳《甘特的冬天》评点本第30至32页前言材料的诗体意译。该评点本囊括了与马科斯多次谈话、邮件内容及加莱亚诺《巴拉圭锻造者》部分材料，还添加了2014年赴亚松森拜访马科斯时谈话中的大量信息，极大丰富完善了小说评点本各类信息。

[2] 近年来，《甘特的冬天》蜚声国际，西班牙语版本几经更新，更被翻译为30多个语种，真正走向世界。

为呈现历史,更为改变未来。或被谱曲为唱片,或被发布于杂志,或被作为抗议、声援与集体思考时的口号,最终都成为巴拉圭及拉美历史演进中独特而永恒的一幕。但此前诗集篇章从未完整印刷出版,仅有部分(不含《五十次,五十次》)略加改动后作为《甘特的冬天》女主角索莱达诗作现于读者面前。小说一经在亚松森出版,便迅速掀起热潮,并获"1987年度图书奖"。《甘特的冬天》轰动发行后不久,阿尔坎塔拉集团编辑卡洛斯·比亚格拉·马尔萨即邀请马科斯将书中诗篇整理成集(含《五十次,五十次》)以供出版,至此,方成《诗与歌》首版。

因而,与常理相异之处在于,马科斯并非将《诗与歌》篇章加诸于《甘特的冬天》,而是将小说中片段提取乃成诗集。此种"异端"在巴拉圭甚为常见,稍有觉悟之人都明白,唯敢于打破旧传统方能找到可行之路。1987年,极度残暴制度仍阴霾重重,但"野蛮脚手架"已现将倾之势。值此关键时刻,抓住机遇为民主之声在文学上打出一片天地尤为重要,而具有明显反独裁主题的《甘特的冬天》正是第一缕阳光,由比亚格拉·马尔萨创办的阿尔坎塔拉集团又将这一突破继续扩大。《诗与歌》的出版代表了两股反对之声的汇合,一股是诸如马科斯具有丰富而艰难流亡经验的被驱逐者,一股是诸如比亚格拉遭罪忍耐又心怀冀翼的留守者。二者能够协作,其勇气与胆量着实不可低估,因为审讯质问与酷刑拷打之风险从未走远。

尤其应注意《诗与歌》微观历史之外作者数次重申的巴

拉圭宏观历史主题：马科斯亲身经历了巴拉圭艰难的"内向"，又因被迫流亡见证了世界的"外向"，笔墨间有他既作为人也作为诗人的恐惧，还有巴拉圭向内的无奈、向外的渴望及一种实实在在你我皆可触碰的艺术。

仅从序言及各篇标题即可看出马科斯集各家所长的国际风格和"外向"。犹如回音壁般的作品中清晰融合了秘鲁塞萨尔·巴列霍，西班牙费德里科·加西亚·洛尔卡和路易斯·塞努达、尼古拉斯·纪廉，墨西哥埃尔瓦·马西亚斯，奥地利格奥尔格·特拉克尔，意大利欧亨尼奥·蒙塔莱、利贝罗·德·利贝罗和凯撒·帕韦斯，法国阿蒂尔·兰波、波德莱尔以及在1973年军事政变中牺牲的智利歌唱家维克多·哈拉等人的创作手法。"内向"方面，马科斯注重吸收了勒内·达瓦洛斯、埃里维·坎波斯·塞维拉及奥古斯托·罗亚·巴斯托斯等诗人精髓。此外，巴勃罗·聂鲁达，自由体诗歌先驱沃尔特·惠特曼，"无恶之境"的古老瓜拉尼预言家、三国同盟战争时期诗人纳塔里西奥·塔拉韦拉，瓜拉尼民族音乐鼻祖何塞·阿松森·弗洛雷斯，阿根廷高乔民族史诗《马丁·费耶罗》作者何塞·埃尔南德斯等杰出诗人及历史人物的踪影也穿插其中。事实上，《诗与歌》的史诗性要追溯到埃尔南德斯之前时代，部分诗篇韵律及意象便不乏中世纪史诗特点，如《功业的象征》便有古代功绩史诗歌曲的痕迹。

然而，在短幅介绍中详解诗集创作过程只会徒增抱怨且适得其反。悉数列举作者技巧手法亦不合时宜：柔和的内心抒情体（"请在你身旁给我留下一个位置"）、前后呼应

（"赫拉克利斯时光"与"胜利之歌"III）、语义创新（"昔日的鲜血"）、口语体（"胡里奥·伊格莱西亚斯"）、语序颠倒（"手铐"）、平行体（"胜利之歌"I、II、III）和急剧的语调变化（"五十次，又五十次"）等。只消说此乃足以挑战、打动读者并使其最终披上诗人"皮囊"的丰富技巧狂欢即可[1]。也就是说，恰如我们一贯之努力，此诗集重要价值并非将一个从未被世界雷达探测到的国家推向国际视野，更非向世人控诉不公政治形势，无论其目的如何值得称颂。诗的意义远非教化，而是拓展人性及读者思维的一种颤动，使我们与从未知晓而后察觉的东西产生深度认同。马科斯并未亮出他的巴拉圭身份以吸引读者同情，也不是为了让你我致信议员及总统们，更不是惦记读者的钱袋子为查科旅游及手工业制品买单，而是希望读者思量人性隐蔽的秘密、通过重复使用的比喻手法触及一个我们错以为不相干的孤岛。

　　如上所述，"内向"和"外向"间的绝对平衡亦会在艺术上明显产生"生存压力"，但此动机并不意味着以牺牲"内向"为代价一味纯粹 吸收"外向"养分。对胡安·曼努埃尔·马科斯而言，此种平衡不是放弃自身巴拉圭属性和我们所说的瓜拉尼文化特性，而是以此为号角迈向文化共生互养之路。譬如，稍读多年前他赴印度出席《甘特的冬天》印地文发行式所作讲话便可知一二：

　　　　……印度与巴拉圭共有许多魔幻之处……令人称奇

1　"读者参与"也是深读《甘特的冬天》的基本技巧，详见小说评点本。

的是二者同为多语种多民族国家……同在自由先烈莫罕达斯·卡拉姆昌德·甘地和费尔南多·德拉莫拉领导下英勇独立……我们祖国的名字均源于流经多国的大河：印度河和巴拉圭河……印度河自狮子口涌流而出，诗人曼努埃尔·奥尔蒂斯·格雷罗则说，巴拉圭河好似从老虎犬牙喷流出的冠形水柱……欧洲人因亚历山大大帝麾下将领的征战而知晓印度，1800多年后又因另一位帝王卡洛斯五世派兵遣将而踏上巴拉圭土地，但狮与虎之子并未因此丧失本体和自身魅力。

恰恰在《甘特的冬天》印地文版本封面隐约可见一只虎的面孔，这也是一个魔幻形象。虎是瓜拉尼文化不可或缺的角色，因为我们瓜拉尼人和当今巴拉圭人都深信，那飞翔的天国美洲虎终将摧毁这罪恶的世界，并引领我们到达无恶之境。

这段引文令人看到世上极不寻常之事：一个如此文雅有涵养之人以其博学多才真切表露出对不知现代化为何物之人千年信仰的虔诚追随。他所理解的那将我们引向无恶之境的伟大蓝色美洲虎，无论从原义还是象征性层面，我们都不应加以评判。重点在于这是他的，极隐秘的，极富巴拉圭性的，却以一种对巴拉圭人而言极"外向"的方式出于丰富人类文明多彩多面性目的在印度表现出来。

读《诗与歌》总让人感觉正与诗人并肩而坐，好似一位邻居老友一起看着电视，面对物价飞涨牢骚满腹，喜欢的女主角终未出场令人扼腕，随意说着粗话，酒精或甜言蜜语让人如痴如醉。忽然，我们意识到一个事实：那孤岛实是自己！那以创新诗学和强大灵魂共鸣书写的缺憾、流放、失去和胜利,分明就是我们自己!

"这是一个号召",诗歌最后一节如是写道:

> 为的是让你探身生活之火,
> 在恐怖的烈焰中净化自己;
> 为的是让你纵身跳进别人的河流,
> 在温暖的波涛中认识自己;
> 为的是让你突然间充满喜悦,
> 在无限的满足中如醉如痴;
> 为的是让你去拥抱第一个走过的人,
> 邀请他跟你一起去游历……[1]

该节提到的"我"和"你"实际上勾勒了《诗与歌》的整条主线。诗集恰以因巴拉圭"内向性"备受困扰的"我"开篇,并将这一核心以同心圆式向外递增扩散其辐射范围和属性——南锥诗歌、南美诗歌乃至拉美诗歌——直至画出最大圆,那便是你,读者朋友:诗歌,说到底,关乎人性。那么,读者朋友,跃入这异域之河并与其浑然一体吧!最后,以上述诗节落幕。

> 因为你有权利吃到面包,

---

[1] 见诗集倒数第一节《胜利之歌 III》。此篇也曾作为《甘特的冬天》第二版序言引子。

有权利读到书，呼吸到空气，
享受到短暂的爱情和希望，
在这个号召中我重新提起你的名字，
你会成为世界名人，就在这个星期！[1]

参考资料

阿马拉尔·劳尔，《巴拉圭锻造者：传记辞典》，布宜诺斯艾利斯，克韦多出版社，2000。

《欢迎来到南共市秘书处》，南共市秘书处，2014年3月，作者不详。

卡斯特罗·阿梅里科，《论塞万提斯及西班牙纯正文风》，马德里，阿尔法瓜拉出版社，1966。《走向塞万提斯》，马德里，塔鲁斯出版社，1967。

托拉迪奥多·弗朗西斯科，《被诅咒的战争：巴拉圭战争历史》，圣保罗，文学出版社，2002。

加莱亚诺·奥利维拉·戴维，《瓜拉尼语与西班牙语语法研究及其对教育的影响》，亚松森，瓜拉尼语言文化协会，1999。

希姆莱特·约翰，《充气猪仔坟墓：巴拉圭游记》，纽约，宾塔赫出版社，2005。

《瓜拉尼语：一种迎风冲雨的语言》，作者不详，见"观

---

[1] 见《胜利之歌 III》。

点：多文化传媒"，2012年10月21日，2014年10月17日，http://www.theprisma.co.uk/es/2012/10/21guarani-un-idioma-contra-viento-y-marea。

里卡多·豪斯曼，《地域囚徒》第45至53页外国政治篇，2001年1至2月。

赫林·休伯特，《拉丁美洲历史》，纽约，科诺夫出版社，1967。

霍德尔·安东尼，《巴拉圭之式微》，大百科全书，2014年10月13日版，见http://www.newadvent.org./cathen/126886.htm。

特雷西·K.刘易斯，《悖论中的思想教化：〈甘特的冬天〉之声外声》，《甘特的冬天》评点版，亚松森，2013年。

《〈甘特的冬天〉开篇语》，见胡安·曼努埃尔·马科斯《甘特的冬天》，标准出版社，2009。

胡安·曼努埃尔·马科斯，《如是荣誉：自由文章节选》，1990。

2009至2014年与特雷西·K.刘易斯的谈话。

2010至2014年与特雷西·K.刘易斯的电子邮件。

《从加西亚·马尔科斯到"爆炸后"》，马德里，起源出版社，1985。

《甘特的冬天》，亚松森，读者出版社，1987。

《甘特的冬天》，亚松森，标准出版社，2009。

《甘特的冬天》，特雷西·K.刘易斯，纽约，彼得朗出版社，2001。

见印度新德里国家文学院《甘特的冬天》印地文发行式讲话，2012年2月27日。

《诗》，亚松森，标准出版社，1970。

《诗与歌》，亚松森，阿尔坎塔拉出版社，1987。

《埃尔瓦·马西亚斯的诗：一种认知方式》，美洲杂志社，1985年6至12月。

《罗亚·巴斯托斯："爆炸后"先行者》，墨西哥，坎昆出版社，1983。

《1580年6月11日：布宜诺斯艾利斯的重生》，布宜诺斯艾利斯市政府，2014年10月14日，作者不详。见 www.buenosaires.gob.ar/areas/ciudad/historico/calendario/destacado.pho?Ide=44&menu_id=232037。

《巴拉圭重返南共市》，2014年7月28日、2014年10月14日，http://agenciabrasil.ebc.com.br/en/internacional/noticia/2014-07。

佩罗·费雷拉·阿莱杭德罗·M.，《印第安人口问题国家记：巴拉圭共和国》，国际农业发展基金出版，2014年10月17日。

罗亚·巴斯托斯，《注定消失的文化》，亚松森，奥古斯托·罗亚·巴斯托斯基金会，2011。

《巴拉圭作家流亡录》，新社会出版社，1978年3月。

苏斯尼克、查塞·萨尔迪，《巴拉圭印第安人》，1995。

《北方大学》，2013年、2014年10月17日，http://www.uninorte.edu.py/index/php/la-universidad/historia。

ÍNDICE

Umbral	4
a Greta	002
Gestos de Gesta	020
Colegialas	038
Palabras a lo lejos	052
Odas	084
Poemas de la Embajada	088
Cantos de esperanza	124
Poemas de la libertad	134
Canto de victoria	166

目 录

前言　　1

序言　　5

献给戈雷塔　　003

功业的象征　　021

女学生们　　039

远方寄语　　053

颂　诗　　085

大使馆诗稿　　089

希望之歌　　125

自由之诗　　135

胜利之歌　　167

UMBRAL

Esta es una selección de algunos poemas y canciones, hecha a pedido de Alcándara, que así me ofrece generosamente la oportunidad de retomar contacto con el lector paraguayo. No es una recopilación completa. Por ejemplo, en el caso de las canciones, el público echará de menos algunas letras ya editadas en disco o cassette. Estamos preparando para más adelante un álbum sonoro con todas las canciones y sus letras.

Este libro tiene seis secciones. La primera incluye canciones que tienen música de Mito Sequera, Carlos Noguera y Jorge Krauch. La segunda reúne tres poemas épicos. La tercera es un nostálgico homenaje a mi época de profesor en Asunción, en el que también quisiera envolver a mis ex-alumnos de la Academia del San José.

La sección titulada "Palabras a lo lejos" tiene como tema el exilio y, por supuesto, el regreso. La quinta sección, "Odas" incluye poemas amorosos, y la culpable de ellos es la acuariana a la que está dedicada esta edición.

序　言

　　本书是应阿尔坎达拉之邀选编的一些诗歌与歌曲的集子，由此他慷慨地为我提供了重新与巴拉圭读者相逢的宝贵机会。此书收录的尚不全面，譬如歌曲部分，大家或许会怀念那些已录制成唱片或磁带发行的歌词。我们正在准备以后发行包括所有词曲的唱片集。

　　本书共分6节。第一节收录了由米托·塞格拉、卡洛斯·诺格拉以及豪尔赫·克劳奇谱曲的歌词；第二节为三首史诗；第三节是向我在亚松森的执教岁月表示怀念和敬意，其中也包括怀念圣何塞学院那些我曾经的学生们。

　　题为"远方寄语"一节则以流放为主题，自然，也包括回归；第五节名为"赞歌"，皆为情诗，灵感源自一位水瓶座女孩，这些诗也就是献给她的。

　　最后"希望之歌"一节不仅冒昧地借用了卡洛斯歌曲的部分歌名和主题，而且大胆挖掘了曲中未尽之意。不过，词中共有部分乃本人所作。

胡安·曼努埃尔·马科斯
1987年11月于亚松森

Por último, en la sección "Cantos de esperanza" me he apropiado escandalosamente no sólo del titulo y los temas de algunas canciones de Carlos, sino, lo que es peor, hasta de lo que no dicen. No obstante, los lugares comunes son mios.

JMM

Asunción, noviembre de 1987

a Greta

献给戈雷塔

HAZME UN SITIO A TU LADO

Hazme un sitio a tu lado paralelo al recuerdo,
largo como un horizonte encendido de anhelos,
tibio como una caricia de tus manos secretas,
mío como el gorjeo torrencial de tu pelo.

Hazme sitio a tu lado donde acostar mi pena,
refugio del dolor, amparo del combate,
donde olvide a los muertos:
toda mi angosta historia y mis heridas,
la espiral del deseo
y toda una cordillera de memorias.

Hazme sitio a tu lado para estar a tu lado
y junto a ti mirar con la misma mirada,
junto a ti desangramos desde las mismas venas
y modelar la patria con aires populares:

请在你身旁给我留下一个位置

请在你身旁给我留下一个位置,
让我把往事慢慢地回忆。
回忆那燃烧起热望的长长的地平线,
回忆你的手悄悄温存抚摸的一股暖意,
回忆你那秀发的轻柔滑落,啊,那是我的。

请在你身旁给我留下一个位置,
让我的痛苦在那儿安息。
那儿是痛苦的庇护所,
保护战斗中的人暂时把死者忘记。
忘掉悲惨的经历和创伤,
忘掉不断升腾的愿望和连绵不断的往事。

请在你身旁给我留下一个位置,
让我时时跟你在一起不再分离,
在你身旁跟你用同样的目光观察,
我们从同样的血管里流出鲜血,

una misma alegría para los mismos hijos.

Hazme sitio en tu lecho donde cabe mi angustia,
hazme sitio en tu alma donde guardas mis besos.
Yo quiero hacer de ti un pájaro o un canto,
y a veces decirte que te amo.

1970

一起用人民的气质锻造祖国，
把同样的欢乐送给祖国的儿女。

请在你的床上给我留一个位置，
在那儿容纳我的焦虑；
请在你灵魂里给我留下一个位置，
在那儿容纳我的吻。
我要把你变成一只小鸟或一首歌，
有时我会对你说我爱你。

1970

EPIGRAMA

Por vos, mi amor, yo daría todo.

La vida. La palabra. Enteramente.

Lo que me pidas y lo que no me pidas. Todo.

Te quiero y eso basta.

Lo demás es poesía.

碑　铭

为了你，我亲爱的，我可以献出一切。
生命、语言，全部的所有。
你所要求的和不曾要求的，一切的一切。
我爱你，这就足够了。
其他的，都不过是诗。

DISTANCIA

*a Liliana Gustafson
y a la memoria de Marcelo Serrano*

Tu pelo eran cascadas de metal color tiempo.
Cuando llega el rocío te invade la nostalgia.
Pareces no ser tú sino tu sombra.

Tu piel es ya un olvido de mágicos retornos.
Murieron las estrellas australes en silencio,
antigua carabela de ceniza.

Miradas, melodías residen en tu alma.
Llorando está el otoño con los ojos al viento.
Déjame recordarte como eras.

1969

遥 远

献给莉莉娅娜·古斯塔夫松
并缅怀马塞洛·塞拉诺

你的秀发如金属的瀑布,染着时代的色彩。
当露珠到来的时刻,怀念、乡愁充满你的情怀。
那时,你不像是你,而是你的影子。

你的皮肤已是对魔幻般回归的忘却。
南方的星星业已静静地死去,眼见的,
唯有灰烬构成古三桅轻帆船的船体。

目光、旋律,留存在你的心灵里。
秋天,眼睛迎着风正在哭泣,
让我们忆起昔日的你。

1969

A LA RESIDENTA

a la memoria de Delia Sara Álvarez

Y ya ves, compañera, la patria está en llamas.
Préstanos tu mirada, y tu cántaro seco,
el arado cansado y el sudor de tu frente.
Residenta de fuego, mujer de manos claras.

Tus hijos se quedaron detrás de la campaña.
En tus ojos hay lunas y detenidas lágrimas.
Quisiéramos que sea tu cuerpo de madera.
la matriz fulgurante de una nueva era.

Residenta doliente, residenta callada.
Prosigue tu raquítica y larga y vaga marcha.
No olvides que cantamos para que no te olvides
de llevar de los héroes caídos la bandera.

致女公民

怀念德里亚·萨拉·阿尔瓦雷斯

你已经看到了,女同胞,祖国已处于烈火之中。
请把你的目光转向我们,让我们看看你无水的水罐、
疲惫的犁杖,以及额头的汗珠。
烈火中的女公民,双手透明的女人。

你的儿子们留在了战场上。
你眼睛里闪着月光,忍着的眼泪尚未流淌。
我们真希望你的身躯是木质的,
有个新时代的子宫闪耀着光芒。

痛苦的女公民,默默无语的女公民。
你还要继续佝偻着身躯,
行走在漫长而迷茫的路途上。
你不要忘记,我们歌唱,
是为了不让你忘记举起英烈们的旗帜,

Acuérdate, amiga, de todos los que fuimos

vencedores sangrantes del que ganó la guerra.

Y escúchanos, hermana, fecunda la semilla,

porque estamos esperando debajo de la tierra.

1973

让它高高飘扬。

请你记住,我的女同胞们,
战争胜利了,我们都是血淋淋的战胜者。
请听我们说,姐妹,
种子是可繁殖的,
因为我们在地下期望。

1973

UNA ANTIGUA SANGRE

a Carlos Noguera

De tiempo y de metal, de pura sangre,
a golpes de palabra y agonía
se va haciendo la historia de los débiles,
con sílabas de lámpara cautiva
y un corazón de pie y una paloma.

Para siempre quizás y todavía
y falta y hace frío y sin embargo
¡qué canto inmemorial viene de pronto!,
¡qué muerte solitaria en el camino!

El pedazo eucarístico del cielo
del aire descendió en pantalones,
se puso los del hombre y su camisa,
su inmenso amor hizo el amor al viento.

昔日的鲜血

献给卡洛斯·诺格拉

弱者的历史,是由时光和金属、纯净的鲜血、
拷问的话语和垂死的挣扎逐渐写成的;
也是在被监视的灯光下苦苦的熬煎、
一颗坚强的心和一只鸽子写成的。

永远是:也许、仍然、缺少,寒风凛冽。
但是,一支难以回忆的歌曲瞬间就要到来!
何等凄凉孤独的死亡已降临在路上。

空气上方,那片天堂的圣体,
缓缓飘落变成裤子。
它穿上男人的裤子和他的上衣,
将它无限的爱意融进风里。

La noche de la patria comunera

se abrió en cristal y en alba sonriente.

Mientras existan jóvenes, la sangre

escribirá su nombre en las paredes.

1974

全民欢迎的祖国的夜晚,

在水晶中展开,在微笑的黎明中隐去。

只要还有青年人存在,

鲜血就会在墙上写下他们的名字。

1974

GESTOS DE GESTA

功业的象征

LÓPEZ, I

a la memoria de Carlos Álvarez

Que se oiga la voz de Bolivar diciendo: la patria es América.
Que venga el caimán de Martí navegando los ríos patricios.
Que el indio Juárez venga a lomo de mula andariega.
Que Sucre descienda del monte armado de estrellas y cantos.
Que truenen los cascos rotundos del rojo alazán de
 Miranda.
Que O' Higgins convoque al relámpago en la frente
 iracunda del héroe.

Pedazo de pueblo partido, San Martín en la noche de exilio.
Comuneros modernos gigantes que saludan el sol que
 perdura.
Y la patria de Lincoln que olvida una antigua caravana de
 sangre.
La garganta de Artigas eterno, hoy cañón en que el eco

洛佩斯 I

缅怀卡洛斯·阿尔瓦雷斯

请听听玻利瓦尔的声音,他说,祖国就是美洲。
让马蒂的鳄鱼从高贵的江河里游来吧。
让印第安人华雷斯骑着善走的驴子到来吧。
让苏克雷披着星星、带着歌声从山上下来吧。
让米兰达枣红马的圆蹄甲嗒嗒嗒响起来吧。
让奥希金斯把闪电召唤到英雄愤怒的额头上来吧。

在劈开的国土的一片土地上,圣马丁度过流亡的夜晚。
高大的当代农民社团的成员在向永恒的太阳致敬。
而林肯的祖国忘记了昔日绵延不绝队伍。
永恒的阿尔蒂加斯隘道如今变成了峡谷,回声轰鸣。
我年轻的美洲,无祖国,毋宁死。
在桑地诺山上,有步枪、起床号、音乐和十字架。

retumba:

Patria o Muerte oriental de mi América niña.

En la sierra Sandino, fusiles, y alboradas y música y cruces.

Un jinete se acerca sonoro en el medio de un mundo de polvo.

¡Es Zapata! Hermano del pobre, capitán generoso del pueblo.

Estos son los que vienen ahora a inclinar sus proféticas voces,

sus esdrújulas voces, sus voces de implacable y feroz testimonio.

Y le cubren la espalda a Francisco del pueblo Solano del pueblo

mientras López abrasa la causa de la patria de todos que es tuya y es mía.

Cerro Corá que carninas desnudo por la calle abismal de la historia.

Meridiano caliente y pretérito, alacrán convertido en tormenta.

El primero de marzo cayeron los que fueron a darte su vida.

Y la vida encontraron el día en que la patria murió

一个骑士在尘土飞扬中哒哒哒飞驰而来。
那是萨帕塔!穷人的兄弟,人民杰出的首领。

这些英雄现在是来传达他们预言的声音、
超凡的声音、激烈而毫不留情的证词的声音。
他们保护着人民的弗朗西斯科和人民的索拉诺,
让他们的脊背免受打击和损伤。
而与此同时,洛佩斯则为我们所有人祖国的事业,
你的祖国,我的祖国的事业,殚精竭虑,忧心如焚。

你,塞罗·克拉,赤身裸体走在历史深渊的大街上。
往昔的炎热的子午线变成了暴风雨。
三月一日,那些人倒下了,他们就是去为你献出生命。
而他们又是在祖国战死的那一天找到自己的生命。

combatiendo.

¡Patria Grande! Mañana seremos una América libre y unida.
Lope tiempo que América entera protestó con su débil palabra.
Lope tiempo que vino el comercio a cambiarnos el ritmo y la cara.
Lope tiempo que vino la espada con su filo banquero y podrido.
Lope tiempo que el sol se hizo mierda con la muerte, la muerte y la muerte.

1973

伟大的祖国，明天我们将是一个自由的、团结的美洲。
西班牙的黄金世纪，洛佩·德维加的时代，
出现了新的艺术形式幕间喜剧。
它表现了整个美洲微弱的抗议的声音，
表现了贸易的到来改变了我们的人生节奏和面貌，
表现了利剑带着金钱和腐朽到来了，
表现了太阳随着死亡、死亡、死亡变得毫无价值。

1973

LÓPEZ, II

a la memoria de María Hortensia Álvarez

Desde aquí les cantamos. En su nombre la patria.
Su nombre de valientes, gloriosos camaradas.
Desde aquí por la palabra, la música, al abismo.
Tu palabra viuda, clarinada. *Kavichu'i*, el himno, el
   centinela.
Somos del mismo grito. Un mismo sol nos vio nacer,
¡aquí!,
junto a la página.
Talavera, poetas combatientes. Somos de la raíz ardiente de
   la sangre.

La patria es un poema sin acabar, sin tiempo:
Nunca olvidaremos el verso de tu muerte,

洛佩斯　II

缅怀玛利娅·奥尔滕西亚·阿尔瓦雷斯

我们在这儿歌颂你们,
以你们的名义歌颂祖国。
你们的名字是勇敢而光荣的同志的名字。
从这儿到无底恐怖的深渊,
我们都在歌颂你们,用话语、用音乐。
你寡妇的语言是号角的声音,
是《大黄蜂》杂志,是颂歌,是岗哨。
我们跟你呼喊出同样的声音,
同一个太阳照耀着我们诞生,
就在这里,在历史的这一页!
纳塔利西奥·塔拉韦拉,战斗的诗人,
我们同属一个火热的血统。

祖国是一首永无止境的诗,
永远没有时间限制。

ni la muerte diaria del poema.

En un puño la mitad de tu mirada.

La roca de tu ejemplo, las barcazas, la noche, el abordaje.

Milicianos de estirpe navegable, ¡adelante!

Las balas en tu espalda,

tu costado sangrante.

Ignacio Genes, heroicos combatientes.

Somos de tu piel cuando la lucha.

Tu mano cerrada cuando apenas.

Somos el cántaro caliente de tus venas,

y vienen hacia ti los despojados.

Tu rostro popular no tiene un ojo, porque mira.

Cíclope nocturno, amigo nuestro:

míranos sin doblez,

como la tierra.

¡José Eduvigis Díaz, combatiente!

Victorioso como el pueblo, triple como el destino

Te fuiste para estar, corno un ángel de hierro.

Hoy es Curupayty ¡y estamos juntos!

我们永远不会忘记你死亡的诗，
也永远不会忘记诗的天天死亡。

你仅存的一只眼睛注视着一只握紧的拳头。
你的意志坚如磐石，是楷模、
驳船、暗夜，无畏地强行登船。
航行家族的民兵们，前进，前进！
子弹呼啸在你的背后，
你身体的一侧在流血。
伊格纳西奥·赫内斯，英勇的战士们。
当你战斗时，我们是你的保护者。
你的拳头艰难地握了起来。
我们是你血管里奔腾的热血，
被剥夺者都走向你的身旁，跟你在一起。
你为大众喜爱的面庞上缺少一只眼睛，
因为你在看，夜间的独眼巨人，我们的朋友：
你看我们的眼睛没有虚伪，
犹如大地那样的真诚。

何塞·埃杜维西斯·迪亚斯，勇敢的战士！
你像人民一样是胜利者，
像命运之神有多重意义。
你去了，为的是变成钢铁般坚强的天使。

Contigo, general, en la jornada.

Porque caben en ti las esperanzas,

los últimos esfuerzos,

la llegada del día, la guitarra.

Y estaremos contigo, compañeros de siempre, como ahora,

en un Curupayty mestizo, popular y amanecido.

Triple ventana abierta hacia el naciente.

Y allá, el hombre nuevo,

la alegría,

la justa decisión,

la estatura de la piedra,

el límite del agua

y el verano.

En el nombre de Francisco, de Solano y de López, ¡así sea!

1973

今天是在库鲁派蒂,我们战斗在一起!
将军,在这一时刻,我们跟你寸步不离,
因为希望、最后的努力、白日的到来、
节日的欢娱,全都寄托于你。
永久的战友们,我们永远跟你在一起,
就像今天这样的日子。
在一个混血人的库鲁派蒂,
人民喜爱的库鲁派蒂,黎明到来了,

何塞三位一体的窗户朝着初升的太阳开启。
在它的外面,在那里,
是新人,是欢娱,是正义的决策,
是坚如磐石的品质,是水的边界和夏日。

以弗朗西斯科、索拉诺和洛佩斯的名义,
愿事情就是如此!

1973

LA HISTORIA EMPIEZA EN ALTOS

a José María Fernández Estigarribia

La historia empieza en Altos. En lo alto del aire
el mariscal envuelto en llamas
sube a la tierra verde como una flecha de agua.

No está parado allá bajo sus alas rotas
sino que su modestia impide
que alce la voz ahora, vivo o muerto.
Para ganar la guerra no hace falta
el ademán vociferante.
Basta amar a la patria y ser inteligente.

Así que entra en Altos a vivir en lo alto

传说开始于阿尔托斯山上

献给何塞·玛利娅·费尔南德斯·埃斯蒂加里
维亚

传说开始于上方,在阿尔托斯山上。
在那儿,元帅被包裹在烈火中间,
他像一支水箭,飞身跃上了绿色的地面。

即使翅膀被折断也没有停止向前。
他是一个稳重的人,此刻,
不管是死是活,他都不会高声叫喊。
为了赢得战争,
不需要夸张的动作,
也不需要大叫大喊,
只要热爱祖国,机智勇敢,
就足以渡过难关。

就这样,他进入阿尔托斯山栖身,

desde el nivel del pueblo,

a conversar en francés, en guaraní y en hierro.

Se lo vio en la tarde volar como una estrella

en busca del reposo del combate.

Y su vigilia es como una estrella pura.

Nadie tuvo su gesto de espacio indoblegable

nadie su visión ígnea de águila celeste.

Y nadie unos bolsillos tan vacíos.

La lucha continúa,

la historia empieza en lo alto,

y hoy es siete de septiembre para siempre.

1976

在高高的村庄的上面。
生活在人民中间，用法语、用瓜拉尼语，
用钢铁般的意志与他们交谈。

傍晚看到他如一颗星星似的飞翔，
寻找战斗休息的空间。
他恰似一颗纯净的星星，夜间不眠。

没有人有他那种空间里百折不回的姿态，
没有人有他那种天鹰的金睛火眼。
没有人像他那样口袋里没有一个大钱。

战斗在继续，
传说开始在高山上，
今天是永远的9月7日．

1976

COLEGIALAS

女学生们

I

a la memoria de la madre Elisa Domínguez, STJ

Ella tiene sus cuitas.
A los catorce años
el colegio es un largo pasillo, escaleras, cipreses,
cocoteros, chivatos, palmas, pinos, umbrales soleados,
una ternura vieja como una flor dormida,
olvidada en las páginas de un libro amarillento,
cierto secreto triste.

Ella tiene sus cuitas.
Pero el viento de invierno les azota la cara
y arranca bufandas con las manos de un fauno
simulado en el duro azul de la mañana,
con los dedos de un sátiro que burló la celosa mirada de las
    monjas.

I

追忆埃丽萨·罗德里格斯修女

她有她的忧伤和不幸。
十四岁的年纪,
学校是一个长长的过道,
是阶梯、柏树、椰子树、小山羊、
棕榈树、松树、太阳照射的门槛、
一种昔日的柔情,仿佛一个花朵,
沉睡在黄色的书中,它已经被遗忘,
那是一桩悲惨的不为人所知的事情。

她有她的忧伤和不幸。
冬日的寒风扑打着她的面孔,
模拟成一双农牧之神的手,
在清晨冷酷死板的蓝色中,
将她的围巾无情地掠走,
同时还有森林之神萨梯的手指,

Ella tiene sus cuitas.

La vida es algo serio a los catorce años.

La gente no lo sabe.

Se ha olvidado muy pronto de sus catorce años.

Por eso, ella mira, lejana, en la ventana.

Sus ojos renunciaron a la clase de historia

y Alejandro es ahora esa nube viajera.

Ella tiene sus cuitas.

A los catorce inviernos, el cielo no ha cambiado,

todavía.

1976

骗过了修女们敏锐的眼睛。

她有她的忧伤和不幸。
十四岁那年起,生活开始有点严肃,
然而人们并不知道。

瞬间她便忘记了自己的十四岁的年纪,
因此,她从窗户里遥望远方。
眼睛里放弃了历史的课堂。
此刻,亚历杭德罗成了那片游云。
她有她的忧伤和不幸。
十四个冬天已成往昔,
天空依然是当年的天空。

1976

II

a Mempo Giardinelli

Hace bien en mirarla como si fuese ajena,
como si esa maraña atardeciera, lejos, entre otras piernas largas.
Se había echado a la espalda la melena de trigo,
y admiraba el asombro de esos pechitos altos.
Desnuda en el espejo, también esa muchacha rosada la descubre,
cambian miradas tímidas.
Ella ha puesto llave a la puerta del cuarto.
Pensarán que revisa los cuadernos, los atlas, los libros del colegio.
La imaginarán sumisa, inclinada en la mesa,
quemándose los párpados en la casta lectura.
No saben que está ahí,
puta como la noche que entra por la ventana.

II

为孟波·西亚尔迪内里而作

她那样看着她,做得对,
仿佛她是个陌生的女人,
仿佛那天清晨变成了黄昏,
那女人站在远处,
周围是其他长腿姑娘一群。
她把一头金色长发甩在背后,
欣赏那令人惊讶的高耸的双峰。
她的裸体出现在镜子里,
那个面色红润的姑娘也发现了她,
两人羞怯地交换了一下目光。
她把钥匙关在屋门上,
别人会以为她在检查笔记,
在看绘图纸和上学的书籍。
别人会以为她温顺地伏在桌子上,
心无旁骛地沉浸在阅读里。

Y la luna en la luna de aquel espejo cómplice es un farol de esquina.

Y la estrellas son
multitud de clientes que hacen fila,
esperan su turno en la llovizna
y la gozan, al fin, por un mes de salario.

Así es la vida, es claro.
Pero mañana es lunes.
Y los lunes son feos, a los catorce años.

1976

他们不知道她在那儿,
仿佛她犹如黑夜从窗户进到屋里。
同谋的镜子里两个月亮叠加在一起,
其实那是街角一个路灯的功绩。

星星是一大群自由职业者的委托人,
在细雨霏霏中排起长队。
他们感到无比的喜悦,因为,
那是在等待最后拿到一个月的工资。

当然,这就是生活,
但明天又是礼拜一。
礼拜一是令人难过的日子,
十四年都是一样的。

1976

III

a mis ex-alumnas del Colegio Teresiano

Ella había pasado toda la noche en vela.

Se dormía sobre los libros abiertos.

Al lavarse los dientes, esta mañana,

sus ojos hinchados y rojos apenaron el espejo.

Se arregló un poco el pelo.

Desayunó sin ganas.

Cuando esperaba el omnibus, cayéndose de sueño,

intentaba recordar los teoremas.

Pero, nada.

Por eso, a pesar de las horas de vigilia,

su mano sigilosa avanza, resuelta y secreta, en el pupitre.

Sus dedos se alargan,

III

致特蕾萨学校我曾经的学生们

她总是熬夜,
常常趴在摊开的书本上入睡。
早上刷牙时
双眼红肿,镜子也黯然神伤。
略微梳理头发,
早餐食之无味。

等巴士,困得跌倒,
那是拼命想回想原理。
但是脑袋却一片空白,
不眠修学几无所获,
于是,她把手悄悄伸开,
决然地伸向书桌。

手指不断往里探去,

reconocen a ciegas la forma de los libros,

abren, escrutadores, el cuaderno.

Pero sus ojos huyen, serenos, por la ventana,

como si meditaran hipótesis, paralelogramos.

El profesor la mira, sin sospechar siquiera.

Ella conoce a fondo la técnica.

El cuaderno, a su manera, releva a la memoria,

va escribiendo el examen.

Pero no es tan fácil como parece.

Copiar así es un arte aprendido en el arduo oficio del
    colegio,

arriesgándote al cero y al ridículo.

Sin embargo, en la noche,

mientras leía y leía,

ella hubiera jurado que a la mañana recordaría los teoremas.

1976

黑暗中摸索出课本，
细细观察、打开笔记本，
眼睛却不动声色地望向窗外，
好似冥想平行四边形的假设。
老师看了她一眼，却毫不怀疑。

她深谙这个技巧，
笔记本以她的方式，流出记忆，
开始答卷，
但却并非如她想象得那么容易。
抄袭是在学校古怪刁钻考试中，
冒着被判零和被嘲笑的风险习得的技艺。

然而，每到夜晚，
一遍遍苦读时，
她何尝没有发誓明日定要熟记公式定理。

1976

PALABRAS A LO LEJOS

远方寄语

EL EXILIADO, I

a Carmen Caballero y Alejandro González

Amamos lo que es como nosotros, y podemos entender
lo que el viento escribe en la arena
                                                HERMANN HESSE

Nunca vimos ese rostro.

Pero recordamos su costumbre de sonreír, callado.

Nunca tomamos esas manos.

Pero su leve tacto es una vieja amiga.

No conocimos esos labios.

Pero ya nos besaban, desde remotos ríos, la memoria.

No habían escurrido sus pasos negligentes nuestro umbral.

Ni degradado, amable, su atardecer a solas
nuestras personales escaleras.

流亡者

I

致赫尔曼·卡瓦耶罗和阿莱杭德罗·贡萨雷斯

> 我们爱像我们一样的东西,我们可以看懂风在沙地上写的文字。
>
> ——赫尔曼·黑塞

我们从未看到过那张脸,
但我们记得他那无声的习惯的微笑。
我们从未握过那双手,
但它们轻轻的触碰早为我们所熟悉。
我们不熟悉那张嘴巴,
但它已经把我们亲吻,
从遥远的河流,从长久的记忆。

他没有随便跨过我们的门槛,
也没有降低身份,客客气气,

Ni despejado su intrusa viudez de pantano

nuestros exiguos ritos cotidianos.

Pero ha llegado.

Y aunque no compartimos el pífano portátil de su idioma.

Ni ocupamos el eco nasal de su saludo.

Ni sospechamos la asmática parábola de su recienvenida alarma.

¡Le extendemos los brazos.

Nunca había estado aquí. ¡Pero ha regresado!

Entonces, sin sorpresa, su silueta recorre nuestra casa.

Reconoce rincones jamás imaginados.

A la noche, nos hablará, como siempre, con sus errantes sílabas.

Conversaremos como niños que el invierno desvela

y adivinan sus huellas infinitas

bajo el silencio confidencial de las estrellas.

1977

在孤独的黄昏，踏上我们私人的楼梯。
也没有摈弃他沼泽地难以自拔的孤独境地，
遵从我们微不足道的日常礼仪。
但是，他来了，尽管我们难以分享，
他那用自己的语言奏出的轻便横笛，
也难以体会他带着浓重鼻音的问候致意，
也不去猜测他刚刚患上的恐慌不安症，
以及那哮喘病似的接连不断的比喻。
我们向他伸出了双臂！
他从来没来过这里，但是他回来了！
于是，毫不惊奇，他的身影出现在我们家里。
他认识了从未想到过的我们家中的各个角落，
晚上，一如往常，他会用他蹩脚的语言跟我们交谈。
我们将如孩童一般地交谈，谈冬日的不眠之夜，
猜测他走遍天涯海角的足迹。
我们在星光之下，星星静默不语，那是它们的秘密。

1977

II

a Isabel Allende

De vino, de poesía o de virtud,
como quieras. Pero empedate.

CHARLES BAUDELAIRE

Ha olvidado una noche, una mano, un muro.
Ha olvidado una tarde dichosa de su infancia.
Ha olvidado una lámpara, una mesa, un libro.
Ha olvidado el lejano rostro del sur.

Inmerso en unas nuevas costumbres andariegas,
el jilguero, la sed, el caserío
le proponen una delgada amistad en la sangre.
Usurpan el espacio en fuga del recuerdo.

La música, la gente, el trajín, las imágenes,

II

致伊莎贝尔·阿连德

酒、诗、德。
随你所欲,但你醉去。
——查尔斯·波德莱尔

他忘了,那夜、那手、那墙,
他忘了,那童年欢畅的下午,
他忘了,那灯、那桌、那书,
他忘了,那南方遥远的面孔。

浸没在新奇的行走规章里,
朱顶雀、干渴和村落,
在他的血液里种下一份薄情,
占据了记忆出逃的去路。

音乐、人群、纷忙和影像,

la irremediable ausencia, los semáforos,
el olor del café, la moneda, el tabaco.
Todo está aquí vestido de distancia.
Sin embargo, cuando madruga y bebe su mate solitario,
le parece que nada ha cambiado.
Reconoce un antiguo fulgor en la mañana.
Siente como si nunca se hubiera despedido.

Cansado de la lenta erosión del exilio,
del silencio infinito de la calle,
ansía como loco el regreso y el grito,
la ebriedad de la vida vivida entre otras vidas.

Entonces, se atarea con calmosa nostalgia.
Prepara, minucioso, su valija callada.
¡Lo tiene todo listo para salir de viaje!

Mientras guarda sus cosas,
hay una extraña sonrisa en su mirada.

1977

红绿灯无计可施的缺席，
咖啡芳香、硬币和烟草，
在这里，全都披着距离的外衣。
然而，当拂晓独饮马黛茶时，
他感到似乎一切都未曾改变，
晨光里还认得那一抹清晖
就像他从未离去。

他厌倦了这流放的徐缓剥蚀，
厌倦了长街无限的沉寂。
疯狂渴望里是回归与呼喊，
一场与生命重逢的酩酊大醉。

于是，汲汲于安然的怀恋里，
他精细地，打起沉默的行囊，
出发的准备一切就绪。

当整理他的用品时，
他的眼角流出神秘的微笑。

1977

III

a la memoria de Nils Olof Gustafson

> *Volver vale la pena,*
> *aunque hayamos cambiado*
>
> CESARE PAVESE

Será lindo volver después de tantos años.

Abrazar a los nuestros con impaciente júbilo.

Encontrar todo tan cambiado.

Y descubrir, de pronto, que no nos hemos ido.

1977

III

怀念尼尔斯·奥洛夫·古斯塔夫森

归来是值得的，
尽管我们已经改变。

——切萨雷·帕维泽

那么多年之后，归来将是美好的。
忍不住的欢欣喜悦，急切地拥抱我们的亲人。
看到一切都已经改变，突然发现，
我们好像从没有离去。

1977

ATARDECER

a la memoria de Amanda Álvarez y José Marcos

En la plaza atardece.
El invierno ha cruzado por sus ojos
y otra vez capturado el alarido de los pinos
secos.
Fugaz, un transeúnte.
Alguno ha comprendido, melancólico, aquella gabardina,
el cigarrillo desolado y frío,
esa mirada, lejos, sobre el mar,
desde el aire castellano.
Mas nadie se detiene.
No siempre nieva en Madrid, y eso es todo.

El hombre no recuerda
cuál fue el último abrazo entre los suyos,

入 暮

——谨此纪念阿曼达·阿尔瓦雷斯和何塞·马科斯

广场上,黄昏降临,
冬天穿过她的眼睛,
再次捕捉住干枯松树的哀鸣,
行人,如风飘过
总会有人伤感、懂得
这件华达呢大衣。
这只冰冷悲痛的香烟,
这束从卡斯蒂利亚空气中瞭望大海的眼神。
无人停留。
马德里少雪,而这便是一切。

他总是忘记
在他的亲人中,是谁最后拥抱了他,

ni el color del avión,

ni los rostros exactos de esa urgencia.

Sabe que están allá

con las manos abiertas y esperando,

y la misma mirada de aquel día.

La colilla, olvidada en la arena ceniza.

Esos zapatos que ya anduvieron tanto

lo llevarían con largo paso a casa.

Pero se queda ahí, tiritando en la plaza.

No ha elegido ni ese invierno ni nada:

ni la casa, ni esa ciudad, ni el viento.

Después de todo —piensa—

no hay distancia más grande ni más triste

que la que no podemos medir cuando atardece.

1979

甚至不曾想起飞机的颜色，
和匆匆相逢中棱角分明的脸庞。
他知道都还在那里，
张开双臂，守望着，
眼神，一如离别之时。
烟蒂，被遗忘在灰烬里，
那些涉过千山万水的鞋，
还有很长的路才能回家，
但她还在那里，
在广场上哆嗦着坚持，
她没有选择那个冬天、
那个家、那座城市、那阵风
她什么也没选择。

一切过后——她想——当黄昏来临时，
再没有更远、更悲哀和更无法丈量的距离。

1979

DÍAS DE HERÁCLITO

a la memoria de Julio Octavio Alvarado

Y la vida que viene de pronto como un cometa pálido
en esas horas de ronco silencio diminuto,
esas cosas que pasan pero allá, porque si no, no vale,
temblando como un secreto entre los ojos vagos
y la ceniza vaga. y la memoria.
A mí me gusta el agua cuando mana del día,
del mediodía entero como página en blanco,
no quiero esos oscuros misterios taciturnos
que en la noche se encienden como pétalos rojos,
esos carbones mínimos del alma a la intemperie
y el aullido en las sienes como un furgón remoto.
En esas viejas cosas, esquinas de otro mundo,
del mundo como mástil sonoro y como incendio,
en esos días de Heráclito me prolongo y me salgo

赫拉克利斯时光

——谨此纪念胡里奥·奥克塔维奥·阿尔瓦拉多

在喑哑寂然的短暂时光里，
倏尔即至的生命如彗星之尾。
那些在蒙眬双眼里、模糊灰烬
和遥远记忆中神秘颤栗着的事物，
自有该去的方向，否则便价值难存。
那从白日午间涌流而出的净水，
洁白如纸，让我无限欣喜。
那在夜晚像红色花瓣般燃烧的阴郁诡秘，
让我生厌，还有荒野灵魂的煤渣炭屑
和老旧货车头间的怒号。
在古老事物里、另一个世界角落里、
一个桅杆响亮、号角如火的世界里，
在那赫拉克利斯时光里，
我把自己延展、放逐，

a caminar conmigo y la nostalgia a cuestas.
Otros dirán que entonces empezaba el otoño
pero sé que vengo desde antes
y que después de todo, mañana es otro día.
Alguien me dicta esos textos encinta,
los textos que me escriben los fines de semana,
mientras mis ojos beben la copa de los pinos
del Chatham College del fondo,
y el paisaje o paisajo con ajo y sin país
pero con todo el río de la gente, que es tiempo.

1981

形影为伴而走、肩承乡情而立。
有人说，那是秋天来了，
而我明了，此身源于过往，
尘埃落定，明日又是新时光。
为我诵读文章的她已身怀六甲，
那些他们周末写给我的文章，
我的眼睛却只是凝神注视着化妆品，
端着查塔姆学院松木酒杯把风光赏尽，
但是，只因人潮涌动，乃成岁月光阴。

1981

LO ÚNICO GRATUITO QUE NOS QUE DA

a Luis Villar

La inflación,
ese vaso lleno de números, que te ulcera los sábados
y el hígado te araña de mal vino,
no puede ser que rompa tus recuerdos
ni tus ganas de estar con ella un rato,
vos sabés que eso no se arregla
con una votación morada o rosa,
ni una revolución que ya gatea
ni una dictadura que se raya.
Vos sabés que toda la poesía no sirve para nada,
y continúa.

No importa que estas cosas no se digan,
lo que importa es el viento.

唯一留给我们的免费的东西

致路易斯·比利亚尔

通货膨胀是那只杯子,
里边满满的全是数字。
这些数字周六让你喝劣质酒,
叫你患上溃疡,也破坏你的肝脏。
你无法割断自己的记忆,
也无法不想跟通胀缠在一起。
你明白,这不是用选票解决的问题,
不管那选票是红色的还是紫色的;
一种爬行的革命对它毫无意义,
一种初现的专制独裁同样无济于事。
你知道所有的诗均属毫无用途,
然而还是要继续写下去。

这些事说不说都没关系,
重要的是社会氛围和风气。

Acá la poesía no se vende

y allá se autocensura.

Lo que importa es el viento.

De tarde en tarde, pucha, escupo sangre.

Cuando empieza la noche nadie escucha,

todos duermen en casa,

la ventana asfixiada de cortinas grasosas

se va a acostar temprano.

Manana es otro día de trabajo.

La tarjeta de crédito lo acecha,

sus fauces sonrientes nos seducen con sus colmillos

fotogénicos al 19%

pero de pronto alguien escribe este poema

y todo, quién diría, todo, todo,

vase a la mierda

excepto el poeta y su lector,

con la ventana abierta,

el culo al aire,

sin crédito ni más tarjeta postal

que el cielo,

rojo como una sandía compartida.

在这里诗歌没有销路,
在那儿也只能谴责自己。
重要的是大环境大气候,
有时候,天啊,我在吐血。
当夜晚到来的时候,
没有人在倾听什么。
所有人都在家中睡觉,
油渍渍的窗帘遮挡窗户,
严严实实,令人窒息。
每个人都早早地上床就寝,
明天又是另一个工作日。
信用卡在暗中窥视着,
用微笑的咽喉引诱着我们,
利齿上是感光 19% 的数字。
但是,突然有人写了这样一首诗,
他说,谁说除了诗和读者这就是一切,
一切都到了无可救药的境地?
请把窗户打开,
不畏艰难向处境挑战,
不要信用卡,不要明信片,
只需让天空变得如切开的西瓜,
显露出一层艳丽的红色。

¿Por qué sobrevive la poesía?

Quizá porque es lo único gratuito que nos queda.

1983

为什么诗还能幸存下来?

也许是因为它是唯一留给我们的免费的东西。

1983

JULIO IGLESIAS

to Lisa and Hamilton Beck:
from the Moor to the General

Siempre pensé que Julio Iglesias
no era uno de mis cantantes favoritos.
Siempre—tan comercial, tan estudiado, tan de familia
   franquista.
Hoy es Halloween, esa fiesta de brujas tan tejana.
Mi esposa disfrazada con una sábana,
como si fuera Indira (que murió hoy),
acompañó a mis hijos, disfrazados deDrácula y Strawberry
   Shortcake,
a recoger caramelos... trick or treat!
Solo en la casa,
interrumpido por el timbre de otros niños disfrazados
que me dicen trick or treat,
me siento a ver television,

胡里奥·伊格莱西亚斯

——致丽萨和汉密尔顿·贝克：
从摩尔人到将军

我一直认为，胡里奥·伊格莱西亚斯，
不是我最喜欢的歌唱家之一。
他总是那么商业化、那么忸怩作态，
那么散发着佛朗哥家族的气息。
今天是万圣节，那个遥远的女巫的节日。
我妻子用一个床单化装打扮起来，
仿佛是一个如今已不在人世的英迪拉。
她陪伴着我的孩子们，
孩子们则装扮成吸血鬼和草莓娃娃。
他们一起出门去讨要糖果……
搞点恶作剧或友好款待客人。
我独自一人待在家中，
其他化装的孩子上门来了，
门铃声把我的思路打破。

con un vaso de Black Bull, el único escocés 100% proof.
que me enseñó a beber en Rochester, Nebraska,
mi amigo de Oklahoma, Hamilton Beck, experto en
    Diderot.
En la tele Iglesias canta en italiano
la guarania paraguaya Recuerdos de Ypacaraí,
en un estadio impresionante y nocturno de Jerusalén,
con las letras superpuestas de un canal de Dallas
(por si el televidente está grabando ilegalmente el histórico
    recital
en su VCR comprado con MasterCard).
Iglesias les dice la palabra guaraní kuñataí a las chicas de
    Jerusalén.
Y esos rostros sonríen
al contacto con la palabra guaraní.
Rostros rubios y morenos,
de ojos negros y azules,
judíos de Israel, de Venezuela
de España, de Estados Unidos, de Paraguay.
Y esos rostros unánimes sonrien.
Y una niña que sube al escenario,
habla solo sefardí,
y se le entiende.

他们对我说，
要么搞个恶作剧，要么请吃糖果。
我坐下来看电视，
手里端着一杯黑公牛牌威士忌，
那是唯一100%纯正的苏格兰极品。
这种酒是在洛奇斯特市、内布拉斯加州，
我的朋友们教会我喝的，
这朋友是研究狄德罗的专家。
电视里，胡里奥·伊格莱西亚斯，正在用意大利语，
演唱巴拉圭瓜拉尼语歌曲《依帕卡拉湖的回忆》；
地点是在耶路撒冷夜间一个宏伟的体育场里，
还附加了一个达拉斯频道打出字幕，
以防有电视观众用万事达信用卡购买的盒式磁带录像机，
非法录下独唱会的全部场景，留给自己。
伊格莱西亚斯跟耶路撒冷的姑娘们打招呼，
精心用了巴拉圭瓜拉尼语。
姑娘们是第一次听到这种语言，
禁不住脸上露出甜美的笑意。
那些姑娘的脸庞有黄色的，棕色的，
有的是蓝眼睛，有的是黑眼睛，
其中包括以色列人、委内瑞拉人、
西班牙人、美国人和巴拉圭人。
那些姑娘都兴奋得笑容可掬，

Siempre pensé que Julio Iglesias

no era uno de mis cantantes preferidos.

Ya no.

1984

有一位姑娘走上了舞台；
他只会讲西班牙籍犹太人讲的西班牙方言，
但是可以听懂她的意思。

我一直认为，胡里奥·伊格莱西亚斯，
不是我最喜欢的歌唱家之一，
但是，现在我改变了主意。

1984

ODAS

颂 诗

ESPOSAS

Me pusieron esposas.

Pensaron que así me humillarían.

¿Qué esposas?

Festejo tus hoyuelos.

No tengo otra alegría.

Esas son mis esposas.

1977

手　铐

他们给我戴上了手铐，
认为这样就可以把我羞辱，
　　　让我屈服。
可是，这是些什么样的手铐呀？
我看到你那酒窝般的孔洞感到好乐，
因为我已经没有了别的愉悦。

这就是我带上了那些手铐。

1977

POEMAS DE LA EMBAJADA

大使馆诗稿

I

Así son estos días en que las horas gimen,
los espacios viajan como recuerdos pálidos,
las nubes tienen lágrimas oscuras
y la radio, un solitario y triste ruido amargo.

Ya casi no me quedan memoria ni esperanzas.
Estoy anclado en mí, lejos de todo.
No me queda ni voz para hablarle a mi sombra,
y las palabras, ásperas, difíciles, se parecen a ti.
Siempre te nombran.

¿Cómo es posible, amor, que nos separen?
Así, de esta manera violenta, larga, mala.
A nadie hacemos daño besándonos un poco,
quedándonos (o yéndonos) con las manos unidas,
compartiendo silencio y esperanzas.

I

这些日子,时光就是这样在呻吟悲恸,
而空间则像苍白的回忆一样在旅行,
云彩挂着黑乎乎的泪珠,
电台播放出孤独、悲伤、痛苦的声音。

我几乎没有了记忆和希望。
我固定在了自己身上,远离了一切。
我连对自己影子说话的声音都已丧失,
那些粗暴、艰难的话语就像是你,
它们时时提及你的名字。

亲爱的,他们怎么能把我们分开?
就这样,用暴力、漫长而邪恶的方式。
我们稍稍互相拥抱亲吻,手拉手,
站在一起或一块儿漫步行走,
分享沉默和希望,没去伤害任何人。

¿Cómo es posible, amor, que todas las mañanas
sean ahora la misma soledad y el mismo sueño?
¿Cómo es posible, amor, que no haya ventanas
más que esta ventana en la que el aire calla
y el paisaje parece de piedra gris, intacto?
¿Cómo es posible, amor, que no haya veredas,
plazas, mediodías, milagros, conversaciones simples?
¿Cómo es posible, amor, que la vida sea esto?
¿Cómo es posible, amor, que así los días pasen,
sin moverse, y -no podamos salir aún hacia nosotros?
¡Hacia la. enamorada libertad pequeñita
que (no sé cómo) todavía palpita
en este encierro de nadie, sin música ni manos!

Así son estos días en que las horas gimen.

Te imagino en silencio. Esperando.
Te imagino angustiada, también, en esta espera
de insomnio y pesadilla.
Con las manos vacías.
Nada más que conmigo en el recuerdo.
Nada menos que juntos, aún, sobre las lágrimas.

亲爱的，怎么可能，每天早晨，
此刻都是同样的寂寞，做着同样的梦？
亲爱的，怎么可能，唯一剩下的这扇窗户空气也不流通，
窗外的景色如同灰色的石头纹丝不动？

亲爱的，怎么可能，没有道路、没有广场、没有中午、
没有三言两语简单的交谈，更没有奇迹在此发生？
亲爱的，怎么可能，生活就是这样的情景？
亲爱的，怎么可能，日子就这样一天天地过去，
不能活动，我们还不能出去与自己的亲人相逢？
没有音乐，没有手，我不知道为什么，
在这所不属于任何人的禁闭所里，
我们所向往的小小的自由还在颤动？

这些日子就是这样，时光在呻吟悲恸。

我在沉默中想象着你，等待着。
我想象着你在这样的等待中，
同样地痛苦、失眠、做噩梦。
两手空空，
唯有在回忆中跟我在一起，
唯有我们一起痛哭流涕。

¿Cómo es posible, amor, que hoy sea domingo

y no podamos correr juntos al aire?

¿Cómo es posible, amor, que a pesar de esta ausencia

los lunes amanezcan con las puertas cerradas?

Así son estos días en que las horas gimen.

Ya no tengo palabras.

Solamente unas sílabas de dolor y silencio.

Solamente estos días de goznes herrumbrados.

Solamente esta triste soledad infinita.

Solamente estas horas en que los días gimen.

Si no tuviera este amor lo inventaría.

Nadie puede vivir sin este fuego.

Nadie puede engañarse, como un ciego (de nacimiento

que imagina el esplendor del alba.

Este amor me ha dado fuerzas contra todas las cosas,

en medio de la angustia, clavado entre

columnas,

desterrado del mundo, perseguido,

difamado, herido dé amenazas,

solo como un misterio sin voces ni noticias,

escondido del buitre que sospecha del día.

Nadie puede vivir sin estas llamas,

亲爱的，怎么可能，尽管今天周日，
我们却不能一起外出呼吸新鲜空气？
亲爱的，怎么可能，尽管这样天各一方，
周一的门还是紧紧关着的？
这就是时光在呻吟悲恸的日子。
我已经没话可说了，
只有一些痛苦沉默的音节。
只有这种铰链合页锈迹斑斑的日子。
只有这个无涯际的寂寞和悲戚。
只有这个时光呻吟悲恸的日子。
如果没有这种爱，我也要创造出这种爱。
如果没有这种激情，谁也不可能活下去。
谁也不可能自欺欺人，就像天生的瞎子，
黎明的曙光只存在于他们的想象里。

这样的爱给予我力量，让我能应对一切事情，
不管是在痛苦之中被钉在圆柱之间，
还是被流放在天涯海角，
被迫害、被毁誉、被威胁伤害。
就像一个孤孤单单神秘物，没有声音、
没有信息，竭力躲开连白日都会怀疑的秃鹫。
没有这种燃烧的烈火，没有这种坚不可摧的激情，
没有这种紧紧相连、厌恶死亡的火热的心，

sin esta combustion invulnerable,

sin esta fiebre solidaria que abomina la muerte,

sin esta primavera que nos abre los ojos,

sin esta leal fragancia que nos abre los poros,

sin esta luz sonora que nos abre los labios,

sin este amor abriéndonos las puertas de la vida.

A ti te inventaría.

Soñándote vestida de luceros y alondras,

coronada de pétalos y besos,

generosa como el agua,

dulce como la noche,

joven como el día,

amante como el vino.

Para amarte, amor mío,

inventaria el mundo.

No imagino el tiempo ni el espacio

sin que vinieras tú a llenarlos de música.

Enciéndeme en tus brazos.

De tu amor me alimento,

en tu amor silencioso conocí la temura,

por tu amor me ilumino más libre aún que el aire.

没有这种让我们睁开双目的春光,
没有这种让我们张开毛孔的馥郁的芳香,
没有这种让我们开启双唇的声光,
没有这种爱打开我们的生活之门,
没有人能够活下去,没有人!

如果没有你,我要创造一个你,
梦见你披着明亮的星星和云雀,
戴着花冠,也带着吻,
慷慨如水,温柔如夜,
年轻如黎明,深情如美酒。

为了爱你,我的心肝宝贝,
我要创造一个世界。
如果你不来用音乐填满时空,
我不会去想象理解它们。
我让你紧紧把我拥抱,
我从你的爱中吸取营养,
我在你无声的爱中懂得了柔情,
由于你的爱,我比空气更自由光明。

Tus brazos, atados a mí como un recuerdo,
son esta lámpara que ahuyenta las tinieblas
y esta clave de música que sobrevive en mis ojos.
En esta soledad interminable y húmeda
leo por fin mis pasos, mi escritura, mis sueños.
Te descubro a mi lado, otra vez y siempre, mía.
Te descubro sonriente, llegándome hasta el alma.

Descubro entonces todo:
la esperanza, la vida, las manos extendidas, el otoño sin márgenes,
el río inmemorial de los amigos,
la libertad sincera, irrenunciable,
de tus besos, tus actos, tus silencios.

1977

你的双臂紧紧拥抱着我犹如一种记忆,
正是这盏明灯驱走黑暗阴郁,
而这个音乐的密码幸存在我的眼睛里。
在这永无止境的孤独和潮湿之中,
我终于看到了我的脚步、我的文稿、我的幻梦。
我发现你在我的身边,又一次,并且永远,你是属于我的。
我发现你脸上挂着微笑,深深地触及我的心灵。

那时,我发现了一切:
希望、生活,伸开的双臂,
以及那无涯际的秋色的绚丽。
友情之河会永远奔流不息,
真诚的自由,以及你的吻、你的行为、
你的沉默,永远不可放弃。

1977

II

Como tú sabes, amor, en esta soledad me acompaña la radio.

Pero a las doce y media, comienza la cadena.
Todas las emisoras transmiten el boletín oficial.
Aunque muevas el dial, nada se mueve.
Es una voz monocorde, petrificada, única, excesiva.

Tiro la radio.
Estiro la cadena.

Y comienza el futuro.

1977

II

亲爱的,正如你所知道的,在这种孤独中,
收音机在陪伴着我,跟我形影不离。

但是,电台的广播 12:30 才开始。
所有的电台都是播放官方公报的消息。
哪怕你不停地调频换台,
节目永远是一样的。
播音员总是一个人,
单调、死板,又极端,又过激。

我扔下收音机,
任它随便响去,

我开始考虑未来之事。

1977

III

Desde una primavera traicionada,
una tierra de sangre del color de la tierra,
unas ojeras solas,
un viaje a Casablanca y Viridiana,
una escalera de incendios al durazno de tu cutis,
un agrio conocimiento de sótanos y esquinas,
un emblema en la voz,
una guitarra muda y exiliada,
el silencio en la tarde,
un niño con gafas en un barco con hélices,
un anciano callado,
dos guerras imposibles,
las maneras del viento espeso y cancerbero,
la exactitud del agua y la esperanza,
una clepsidra rota,
los míos y los míos y los míos:
te quiero.

III

从一个遭遇背叛的春天开始，
一片土色血染的田地，
一些孤独的黑眼圈，
一次去卡萨布兰卡和比里迪亚纳的旅行，
一道架在你皮肤桃树上的太平梯，
一种对地窖和拐角的酸涩的了解，
一种声音的象征和标志，
一把无声的被驱逐的吉他，
下午的沉默和静寂，
一条螺旋桨船上戴眼镜的小男孩，
一位沉默不语的老人，
两场不可能的战争，
缓慢的风和守门人的方式，
水的精确度和希望，
一个残破的滴漏计时器，
这一切都是我的，我的，我的：
我爱你。

1977

IV

a Nils Bernardo Gustafson

Me iré de ti, patria mía, tal vez por mucho tiempo.
Te debo una explicación: no me voy,
me arrancan de tus huevos.

Pero me llevaré tus pájaros,
tus árboles,
tus días,
tu parábola exacta,
todas tus esperanzas compartidas.

Me iré con tus penurias y tus labios.
En alta voz, mi patria, te nombraré de nuevo.

IV

致尼尔斯·贝尔纳多·古斯塔夫松

我要离开你了,我的祖国,
　　　　也需要离开很久。
我应该给你一个解释:
　　　　我不是情愿离开,
而是被从你的蛋壳里强行拖走。

但是,我要带走你的小鸟,
　　　　带走你的树木,
　　　　带走你的昼夜,
　　　　带走你精当的寓言,
　　　　带走你全部共同分享的希望。

我要走了,带着你的贫苦和嘴巴,
我将重新高呼你的名字,我的祖国。

Me echaré en los hombros tus láminas bermejas para que
   me reconozcan
y te reconozcan en mí.
Me iré, pero contigo.

Manera de quedarse.

1977

我要把金色的铜版画放在肩上,
为的是让人认出我,
也在我身上认出你
我要走了,但是要带上你。

这是留下来的方式。

1977

V

Escucho en la radio una guarania.

¡Me admira cómo ese hombre
de nombre perfumado
perpetuó así un paisito portátil,
que se puede doblar dulcemente
como un pañuelo lleno de recuerdos,
meterlo en el corazón
y salir de viaje!

1977

V

我在收音机里听一首瓜拉尼歌曲。

那个名字带着香味的人实在令我惊奇,
他让一个手提式小国就这样永存下来,
这个小国可以轻柔地折叠,
犹如一方充满回忆的手帕,
将它放在心中,启程去游历世界。

1977

VI

Entre ruinas de martes y feriados,
en cruz sobre estas horas dolientemente iguales,
lejos de ti, mi amor de grandes ojos húmedos,
no podrá derrotarme la tristeza.

1977

VI

在星期二和节假日的废墟中间,
在同样痛苦时刻的十字架上,
我的一双水汪汪大眼睛的心肝宝贝,
虽与你相隔千山万水,
悲伤并不能使我崩溃。

1977

VII

La espera es larga,
y mi sueño en ti no ha terminado
EUGENIO MONTALE

Inútilmente tardan esta ausencia,
porque tú me acompañas.
Mi soledad está llena de ti,
porque tú me recuerdas.
Mi silencio amanece sin grilletes,
porque tú lo enamoras.

Espérame en la esquina final de la mañana.
No podrán desterrarme de la vida.

1977

VII

> 漫长的等待,
> 而我在你身上的梦想并未结束。
> ——欧亨尼奥·蒙泰雷

延迟这种流放毫无意义,
因为你始终跟我站在一起,
我在孤独中时时想起你,
因为你一刻也没有把我忘记。
我沉默的黎明没有镣铐,
因为你对这沉默深怀情意。

请在晨光中最后的街角等着我吧,
他们不会把我终生流放在这里。

1977

VIII

Te llevaré conmigo
porque eres mi alma, mis pasos y mi brújula,
mi manera de ser,
mi conciencia de estar aún en el mundo,
amor de ojos lejanos.

Recorreremos juntos la vida como un mapa
de estrellas y hombres nuevos,
una cartografía secreta y áurea,
la astronomía final de la temura.

Solamente en tus ojos amanece.
Solamente tus manos acarician.
Solamente tus labios me besan y me nombran.
¡Te llevaré conmigo!

Sin ti no puedo irme ni quedarme.

1977

VIII

我将把你带在我的身边,
因为你是我的灵魂,我的脚步,
我的指南针,我的人品。
我的良知还在世界上,
那是远方人眼中的爱意。

我们将一起经历生活,
像星图、像新的人类,
遍布天空和广袤大地。
秘密绘制金色的地图,
探讨最后动人的天文学。

只有在你的眼睛中迎来黎明,
只有你的双手抚摸带来柔情,
只有你的双唇吻我,提及我的姓名。
我要把你带在我的身边!

没有你,我既不能离开,也不能留下来。

1977

IX

Por ahora es la víspera. Dejemos que fluyan hasta nosotros todos los influjos de vigor y de verdadera ternura. Y al amanecer, armados de una ardiente paciencia, entraremos en las espléndidas ciudades

ARTHUR RIMBAUD

Tendrás que tolerar una larga melancolía.
Una soledad sombría. Una fiebre sitiada.
Tendrás que acostumbrarte al húmedo silencio.
A la ventana inmóvil. A la cama vacante.

Tendrás que dejar ir la calle diligente.
Los ruidosos taxímetros. Los peatones furtivos.
Tendrás que resignarte a esta impaciencia.
Clavado y herrumbrado como un clavo olvidado.

IX

> 现在是前夜,让所有活力的激流和柔情的浪潮都涌向我们,那样在黎明到来时,我们就将怀着火热的耐心走进庄严的城市。
>
> ——阿尔蒂尔·兰波

你将不得不忍受长期的悲伤,
  一种阴郁的孤独,
  一种被围困的狂躁。
你将不得不习惯潮湿和寂静,
  纹丝不动的窗户,
  一张无人占用的空床。

你将不得不放弃你逛街的爱好,
再也看不到喧嚣的计程车,
再也见不到行迹匆匆的路人。
面对焦躁,你只好忍气吞声,

No será para siempre. Tal vez solo una vida.

Una vida, la tuya, que en realidad no es vida.

En tu gruta sin ecos no amaneces. Respiras.

Tu tinta abandonada ya no escribe. Oscurece.

Tus ojos sin mirada no descubren. Recuerdan.

En tus manos perdidas no hay caricias. Ni manos.

No será para siempre. Aún no es mañana.

Todavía es posible que un viento, un sol, unos labios te indulten.

Recuperes tu nombre, tu amante, tus poemas, tu sangre, tus trajines.

Ven conmigo. Sin el amor no puedes sobrevivir esta ausencia.

Juntos abriremos de par en par el día.

1977

钉在那儿生锈,如一颗被遗忘的铁钉。

也许不是永远,也许只是一生,
一生,你的一生,实际上那不是生命。
在你无声的洞穴里没有黎明,你只有呼吸。
你那抛弃的墨水已不能写字,一切都是黑暗。
你那无光的眼睛什么都看不见,只有记忆。
你的双手已被毁掉,不能抚摸,已经不是手。

也许不是永远,此刻还不到明天。
尚有可能一阵风、一个太阳、一张嘴巴,
　　　发点慈悲将你赦免。
让你恢复名誉,得到你的情人,得到你的诗,
血液重新开始循环,忙忙碌碌不得清闲。
来跟我在一起吧,没有爱情,
你难以承受这天各一方的心酸。
我们将一起打开白日之门,迎接明天。

1977

X

Mi anochecer en ti se desmemoria.
y ya no sé quién es el que se va ni quién se queda
                              EUGENIO MONTALE

Esta casa algún día tendrá que abrir sus puertas.
Un ancho viento humano la amará sin cerrojos.
Manos de muchedumbre esparcirán sus llaves.
De pronto esta ventana se inundará de auroras.
Entonces por el libre umbral de la esperanza
se entrará y se saldrá - como atrio de domingo.
Los que salgan, saldremos con los labios floridos.
Los que entren, volveremos con las manos abiertas.

Ya ves. En esta larga vigilia me acompañas.
Puedo entrarme y salirme solamente contigo.
Mi casa es esta casa del hombre donde yacen
la mirada de un niño que anuncia la mañana,

X

> 我对你身上的黄昏降临失去了记
> 忆,已不知道谁要留下来谁要离去。
>
> ——埃乌杰尼奥·蒙塔莱

有一天,这座房子终将把它的门打开,
人类的劲风喜欢这门不在关闭状态,
那时,人群之手将把钥匙扔在室外。
转瞬间,这扇窗户浴满了曙光,
那时,跨过自由的希望的门槛,
人们进进出出,像在周日教堂的门前。
我们出去的人嘴上笑得像一朵花。
我们进去的人回来时欣然坦然。

你已经看到,在这个漫长的不眠之夜,
你在陪伴我,我只能跟你一起进进出出。
我的房子就是这座人类躺卧的房子,
一个孩子的目光预示着明天,

el secreto cautivo de un silencío remoto

y toda la llovizna y la piel de la nostalgia.

Mi casa, más que este diámetro ofendido,

es esta inmensa noche de horarios oxidados.

Pero la libertad somos nosotros,

y cuando tú la ocupas, amanece.

1977

预示着遥远沉寂中的严守的秘密,
预示着霏霏细雨和怀念的深意。
我的房子不仅是一个被侮辱的空间,
而且是一个时间表遭锈蚀的茫茫夜晚。

但是,我们就是自由,
当你有了自由,黎明就会出现。

1977

CANTOS DE ESPERANZA

希望之歌

CINCUENTA VECES CINCUENTA

a Edgar Valdés

De la hermética quietud boscosa y el puntual rumor de los torrentes,
del eco antiguo de las gestas,
la diáfana sonrisa mestiza de unos ojos
—palmera de cristal, la vida—
una crepuscular melancolía en cocoteros de eternidad y silencio,
la vaga cicatriz de la nostalgia,
la dulce monotonía de las tardes de otoño vegetal,
la morena altivez popular de los quebrachos
y las tranquilas extensiones verdes,
de la palabra bilingüe y cadenciosa y terrestre,
de pálidas hogueras bajo la lluvia mansa
y el mítico silbido de oro y matorral en la siesta inocente,
como un relámpago rojo,

五十次,五十次

致埃德加尔·巴尔德斯

从密不透风的丛林的静寂中,
从奔腾的激流喧嚣声中,
从遥远的昔日业绩余音中,
那些混血儿明澈双目的微笑
——水晶棕榈树,生命——
一种黄昏或黎明的阴郁,
映现在永恒安宁的椰子树上。
怀念的模糊的创伤,
金秋下午悦目的单色,
棕色坚木树众人喜爱的高傲姿态,
一望无际的平静的绿色。
可以听到大地有节奏的双语,
可以看到柔和的雨丝下苍白的篝火,
可以听到愚人节荆棘丛中精妙神秘的口哨声。
像一道红色的闪电,

como un pájaro,

como violento cántaro,

una luminosa explosión de profecías,

¡la Guarania!

forjada para siempre de manantial y roca

y una enamorada primavera de claveles

en sus labios de aroma y agua clara..... .

¡desde entonces fue haciéndose esperanza y campana,

desde entonces la patria tuvo color y milagro,

tuvo hijos que cantan y caminos

sin más sombra que el viento!

La Guarania,

pura esencia natural de la mañana,

saludó al universo con sílabas filiales

—melodías de espacios infinitos—,

salió como una flecha de luz sobre los árboles,

dialogó sin misterios en un idioma único,

fue de todos, por fin, como una madre entera,

y entonces

empezaron los lobos a aullar para apagarla,

gastaron ojos ciegos de espeso líquido,

de fétida negrura y de infamia caliente.

Navegan todavía esas miradas oscuras

像一只轻捷的飞鸟,
像一个艳丽的水罐,
爆炸出闪光的预言,
啊,瓜拉尼人!
他们永远为泉水和岩石所铸造,
热爱康乃馨开遍原野的春天,
他们双唇上散发着芳香,滋润着清澈的水,
从那时起,他们渐渐变成了希望和钟声。
从那时起,祖国有了色调,有了奇迹,
　　　　有了脸面,有了旗帜,
　　　　有了道路,有了歌唱的儿女,
除了风吹来,再没有别的影子!
啊,瓜拉尼人,
清晨纯洁的大自然的精粹,
你用虔诚的话语向寰宇致意,
那话语是响彻无限空间的优美旋律,
像闪光的箭矢穿过林间的空隙,
毫不神秘地用唯一的语言对话,
那话语属于所有人,最终像是完美的母体。
那时,豺狼嗥叫着要把她扼死,
喷出黑色的浓液散发出臭气,
伤害她的双眼把她变成瞎子,
并且还恶毒地毁坏她的声誉。

las cloacas inútiles del rencor y del vómito.

¡Alerta, vigilantes del día y su jornada!

¡Alerta, solitarios camalotes enlutados de anhelos!

¡Alerta, ciudadanos de piedra y agua dulce!

¡Alerta, compañeros del humo y la alegría!

¡Alerta, militantes del joven cataclismo!

Está naciendo, como inmenso volcán,

retumbo,

multitud,

lágrima,

beso

y áspera paloma victoriosa,

una Guarania nueva de pólvora y futuro,

una Guarania invicta,

elemental

como la sangre.

1975

那些阴森的目光还在到处窥视，

在发泄仇恨和呕吐污秽的东西。

警惕呀，白日和工作的守卫者！

警惕呀，志在高远、身着丧服的孤独的同志们！

警惕呀，绵甜的泉水和岩石铸造的公民们！

警惕呀，骄傲欢乐的同胞们！

警惕呀，面对初现的大灾难的军人们！

瓜拉尼人，

正在像一座巨大的火山在诞生，

在轰鸣，浩浩荡荡一大群人，

流着眼泪，带着吻，

像胜利归来的勇敢的鸽子，

一种新的瓜拉尼人，

带着未来，散发着火药味，

一种不可战胜的瓜拉尼人，

没有人对他们不理解，

他们像鲜血，是生命之液。

1975

AQUÍ TENÉIS MI VOZ

a la memoria de Jerónimo Irala Burgos

¿Por qué tienen las horas ese color de otoño?

¿Quién ha echado las cartas
de este día difícil y largamente amargo?
No sé cuántas palabras y besos y agonías
aguardan a mis labios.
Pero con ellos canto.
Aquí tenéis en pie mi voz contra el tirano,
a favor de las uvas, la inocencia y la vida.
Esta palabra usual.
Usadla.
Empuñadla.

1976

这里你们有我的声音

纪念赫罗尼莫·伊拉拉·布尔戈斯

为什么时间有秋天那样的颜色?

是谁占卜了,
这个艰难而长期痛苦的日子?
我不知道,
有多少话语、多少吻、多少悲观的人,
在期待着我的双唇。
但是我要用双唇歌唱。
你们站在这儿,
可以听到我反对暴君的声音,
为了葡萄园,为了清白无辜,为了生活。
这是一个常用的词语,
你们就利用它吧,
将它紧紧握在手中。

1976

POEMAS DE LA LIBERTAD

自由之诗

I

a Jorge Canese

Aquel es pyragué.
No tiene más oficio que estar ahí parado
como la tos de un perro,
anotando las horas en que viene el lechero,
nos visita el vecino o miramos la luna.

¡Alguien lo puso en esa esquina
y le enseñó a leer al revés el periódico
para disimular su alfabeto traidor!

Yo lo señalo ahora con un dedo de ira
para que no le deis la hora ni el saludo
cuando paséis la esquina.

I

致豪尔赫·卡内塞

他是个独裁统治的鹰犬，
人们称他卧底的举报人。
他无所事事，只是守在那里，
像一条狗不停地吠叫，
紧盯送奶工人出入的时间，
还有邻居来拜访我们的时辰，
以及我们看月亮在几点几分。

有人把他安排在街角，
教他倒着念报纸，
来掩饰他目不识丁的叛徒身份。

现在我用愤怒的手指示意你们，
当你们路过街角的时候，
不要问候他，也不要告诉他时辰，

(Es el que tiene el aliento más triste y los ojos de humo.)

Sé que es un pobre hombre.

Pero como él hay muchos,

y entre todos han hecho inhabitable el mundo.

Maldigo su raza de ratas sifilíticas

y juro que jamás le prestaré un violín.

1976

其实他是个人品最可悲,
目光最浑浊短浅的人。

我知道他是个可怜的人,
他们并非是一个鲜见的人群,
这些人让世界变得难以立足生存。
我诅咒他们这些患上梅毒的扒手杂种们,
发誓绝不借给他们一把小提琴。

1976

II

a José Antonio Galeano

No podrá persuadirme la muerte cotidiana.
Apartad de mi casa sus signos de ceniza,
su aliento de, murciélago, su cráter amarillo.
Ya sé que sus heraldos sombríos multiplican
en ventanas y sótanos, en mercados y sábados,
el olor implacable de sus esquinas húmedas.

Apuesto por la vida.

A pesar del espía que soborna silencios
y el sabueso de sangre, traición, infamia y lodo.
A pesar del comercio diario del saludo.
Apuesto por la vida, lo nuevo y lo posible,
la cíclica sonrisa de las uvas,
la silenciosa nostalgia fluvial del arroyito,

II

致何塞·安东尼奥·加莱雅诺

您不能说服我是正常去世。
请从我家取走您骨灰的标记，
您的蝙蝠的气息，您的黄色的调酒器。
我知道您的阴郁的使者会很快演变成
窗户和地下室，市场和星期六，
以及您潮湿角落里强烈的味道。

我以我的生命打赌。

尽管有悄悄行贿的密探，
嗅觉灵敏、嗜血的警犬，
背叛、诽谤和一切的一切。
尽管天天有祝贺问候的交易。
我以我的生命打赌，
赌新事物，赌可能之事，

la silenciosa nostalgia marítima del río,
la silenciosa nostalgia terrícola del mar,
¡este sueño de arcilla!

Algunos secretos alfareros están imaginando
la silueta del día.
¿Por qué ha de estar
eternamente prohibida
la alegría?

1976

赌葡萄园周期性的微笑，
赌小溪流水静静的怀旧情意，
赌大海对陆地静静的思念，
啊，这粘土之梦！

某些制陶工的秘密，
正在想象着白日的侧影。
为什么欢乐一定要永久被禁止？

1976

III

a la memoria de Augusto Roa Bastos

> *¡Cuándo iremos, más allá de las playas y los montes, a saludar el parto del trabajo nuevo, la sabiduría nueva, la huída de los tiranos y de los demonios, el fin de la superstición, a adorar ¡los primeros!—el Nacimiento sobre la tierra!*
> ARTHUR RIMBAUD

Hasta la geografía mudará de colores:
será más verde el árbol,
el pájaro más ave,
los ríos más verano,
las colinas más tetas,
la mujer más espléndida.
Y los hombres, más niños.

Nadie recordará cómo era el olvido.

III

缅怀奥古斯托·罗亚·巴斯托斯

> 当我们越过海滩和高山,去对新的作品、新的智慧、暴君和魔鬼的逃跑表示祝贺,就标志着迷信已经终结,我们崇拜的是新生的事物——大地的新生!
>
> ——阿尔蒂尔·兰波

在那儿,甚至地貌都将改变了颜色:
树木将变得更绿,
鸟儿将变得更像禽类,
江河的水将更加丰满,
山将变得更加迷人,
女人将变得更加秀美,
而男人变得更像孩子。

忘记的事情将没有人再记起,

Ni habrá tiempo para escupir rencores.

Ni otra luna
que la diuma luna
de unas manos unidas por el amor,
el trabajo, la vida y la poesía.

No habrá libros que no puedan abrirse.
Ni cantos mutilados en el trasluz del aire.
Ni labios que no puedan besar como soñaban.
Ni dioses sin los hábitos diminutos del hombre.

Así juntos iremos hacia nosotros mismos.
Embriagados de abrazos, de fragancias, de música.
Tranquilos y expandidos en el sol de los otros
como una patria íntima y una vasta bandera.

La tierra será toda una inmensa mañana
sin aduanas, gendarmes ni fronteras:
unánime materia fluvial constelada.

Tenaz como la vida, bastión de la esperanza.
esta ansiedad de auroras nos funda y nos congrega.

也不会有时间把怨恨唾弃。

除了由爱、劳作、生活和诗
连在一起的手组成的白日的月亮之外，
没有另外的月亮，没有，没有！

没有书不能被打开，
没有歌曲在空气的反射光中被删改，
没有嘴唇不能像做梦那样去接吻，
没有神仙不带有人类不完美的习惯。

就这样我们将一起走向自己，
陶醉在拥抱中，陶醉在音乐里。
心平气和地走进别人的阳光里，
那儿宛如亲切的祖国，宛如宽大的旗帜。

地球将完全是一个无涯际的明天，
没有宪兵，没有国界，没有海关，
只是一个繁星满天和谐的统一整体。

像生命那样顽强，又如希望的堡垒，
这种对黎明的渴望支撑着我们，

Invencible, libera de ausencias nuestras huellas.

Y en la memoria teje despacito el futuro.

1977

把我们聚集在一起，万众一心，

让我们变得不可战胜，

从禁锢中走向自由，留下足迹。

在回忆中慢慢地编织未来。

1977

IV

Vio caer la nieve
sobre las ramas peladas,
y en la penumbra del zaguán la sombra del asesino
                                        GEORG TRAKL

Lo vi venir con sus ojos perversos.
Oí tintinear las esposas en su bolsillo.
Me embriagó su humedad de averiado verdugo.

Los pájaros cantaban aún en la mañana.

                                            1977

IV

> 他看到大雪落在光秃秃的树枝上,
> 在半明半暗的门厅,是凶手的影子。
> ——格奥尔格·特拉克尔

我看到他带着邪恶的目光走来了。
我听到他口袋里的手铐叮叮作响。
他阴险的刽子手湿气把我熏倒。

小鸟儿还在清晨中歌唱。

1977

ELEGÍA A VÍCTOR JARA

a la memoria de Maneco Galeano

I

No te conoce nadie. No.
Pero yo te canto
                FEDERICO GARCÍA LORCA

No conocí a Manuel, ni a Amanda.
No conocí tu casa. No me acosté ni almorcé contigo.
Sé solamente la inmóvil sonrisa de tus sobres
y tu mágica voz grabada para siempre.
Nunca te vi morir aunque mori contigo.

Pero no necesito tu voz para cantarte
ni necesito tu sangre para sobrevivir cantándote.

送给维克托·拉拉的挽歌

缅怀马内克·加莱亚诺

I

> 没有人认识你,没有。
> 但是我为你歌唱。
> ——费德里科·加西亚·洛尔加

我不认识曼努埃尔,也不认识阿曼达。
我不认识你的家,也没跟你一起就寝和用过午餐。
我只认识你信封上那静止的微笑
和你那永久录下来的神奇的声音。
我从未看到你的死亡,即使你跟我在一起死去。

但是,我不需要用你的喉咙来歌唱你,
也不需要用你的血活下来歌唱你。

Sólo quiero decirte

que me llamo Manuel y que mi madre

también se llama Amanda.

1977

我只想对你说,
我叫曼努埃尔,
我的母亲也叫阿曼达。

1977

II

Vine por esos besos solamente;
guardad los labios por si vuelvo

LUIS CERNUDA

Me llamo Victor Jara.
Nací para cantar mi largo Chile herido.
Mi voz fue como un río en otras voces.
Mi amor fue como un mar en otros sueños.
Canté la dignidad del condor y la nieve,
la ternura y el reencuentro de la gente
las violetas costumbres de la vida.

Ahora mi guitarra está rota.
Júntenme sus pedazos.
Espérenme cantando.
Entonces les prometo regresar.

1977

II

> 我只为这些吻而来,
> 请保护好你的双唇,以备我再回来。
>
> ——路易斯·塞努达

我叫维克托·哈拉,
我生来是为了歌唱我狭长受伤的智利。
我的声音像一条河里其他的声音,
我的爱宛如大海中其他的梦幻。
我歌唱神鹰和大雪的尊严,
歌唱人们的重逢和柔情依恋,
歌唱生活紫罗兰色的风俗习惯。

现在我的吉他破碎了,
请你们把它的碎片往一起粘连。
你们要一边歌唱一边等我,
那时我会答应回还。

1977

III

Registrándolo, muerto,
sorprendiéronle en su cuerpo un gran cuerpo,
para el alma del mundo

CÉSAR VALLEJO

Le quitaron los ojos
pero seguía mirando las estrellas.

Le quitaron los labios
pero seguía besando.

Le quitaron los brazos
pero seguía abrazando a sus hermanos del estadio.

Le quitaron las manos
pero seguía tocando su guitarra.

Le quitaron la voz, la lengua, el idioma,

III

> 查勘了一下,他已经死了,他们发
> 现那是一个具有世界灵魂的伟大的身躯。
> ——塞萨尔·巴列霍

他们夺去了他的眼睛,
但是他依然看着满天的繁星。

他们夺去了他的双唇,
但是他依然在接吻。

他们夺去了他的双臂,
但是他依然拥抱他体育场的兄弟。

他们夺去了他的双手,
但是他依然在把吉他弹奏。

他们夺去了他的咽喉、舌头、语言,

y cantaba, y cantaba, y cantaba.

Le quitaron la vida.

Y continuaba de pie bajo una inmensa lágrima,

bajo rojas banderas, bajo ninguna esperanza enterrada,

más allá y más acá, de norte a sur,

sin rendirse.

Entonces el general tuvo que decretar que estaba muerto,

¡carajo!

1977

而他还是唱呀，唱呀，唱呀，
于是他们夺去了他的生命。
但是他还是继续站在那儿，
站在无限的泪水中，
站在艳丽的红旗下，
站在埋葬了的没有任何希望下。
去哪儿，去这儿，四处奔走，
从南方到北方，永不屈服，决不投降。

那时，将军只好下令让他死亡。
活见鬼，多歹毒！

1977

IV

La mañana se anuncia con un trino
NICOLAS GUILLÉN

No sonarán bombos ni platillos, ni tampoco treinta cañonazos.
No publicaremos avisos clasificados,
ni lo inscribiremos en la guía de teléfonos,
ni en la lista de espera del dentista,
ni extenderemos en la calle un enorme letrero.

No iremos de puerta en puerta.
No gritaremos.
No tocaremos ningún timbre
ni paladearemos platos especiales ni vinos especiales
ni pensaremos que es navidad o primavera.

Pero tú cantarás.
Y todos sabremos que es el día.

1977

IV

> 鸟儿的鸣啭预示清晨的到来。
>
> ——尼科拉斯·纪廉

没有锣鼓喧天的欢迎,
也没有三十响礼炮。
我们将不刊登分类广告,
也不登录在电话簿上,
不放在牙医排队名单上,
也不在大街上竖起高大的广告牌。

我们不会去走门串户,
也不会去大叫大嚷,
不会去按任何一家的门铃,
也不会去把特殊的菜肴和美酒品尝。
是圣诞节还是春天的到来?
这事儿我们也不会去想。
但是,你将会歌唱,
那时,我们都知道等来了天亮。

1977

V

Ni los cuervos ni el odio me pueden cercenar de tu cintura

　　　　　　　　HERIB CAMPOS CERVERA

Se puede torturar al tipo,
se lo puede matar en un mes o en un segundo,
encadenarlo,
alejarlo de los suyos,
privarle de la vida,
desterrarlo,
prohibirlo,
negarle nombre,
difamarlo.

También podemos cercenarle las manos de un hachazo.

Pero no podemos obligarle a odiar
si él no quiere.

1977

V

不管是乌鸦还是仇恨,
都不能割断我对你的情意。
——埃里布·坎波斯·塞维拉

可以对那个人严刑拷打,
可以在一个月或转瞬间把他杀害,
可以给他戴上镣铐,
可以让他别离亲人,
可以把他流放,
可以剥夺他的生命,
可以禁止他的一切,
可以否定他的名声,
可以对他进行诽谤污蔑。

我们也可以一斧把他的手剁掉。

但是,我们不能强迫他去恨,
如果他自己不愿意。

1977

CANTO DE VICTORIA

胜利之歌

I

a Alicia Marsá y Basilio Bogado Gondra

En este país el sol es un grito,
la vida una palabra jamás dicha
                    LIBERO DE LIBERO

Lejos
del mediodía fluvial de tu costado,
de la infinita temura de tus labios,
de la energía paciente de tus sueños,
del leve vuelo nupcial de tus auroras,
de la recóndita piel de tus misterios,
de la tenaz ciudadela de tu sangre,
de la sorpresa feroz de tus esquinas,
de tus sencillas costumbres labradoras,
del ancho hábito solar de tus mañanas,

I

致阿莉西亚·马尔萨和巴西里奥·波加多·贡德拉

在这个国家,太阳是一种呐喊,生活是一句从未说过的话。

远离你侧旁河流的中午,
远离你双唇无限的深情,
远离你梦境中忍耐的精力,
远离你晨曦中夫妻飘飘的飞翔,
远离你奥秘中隐秘的皮肤,
远离你血液中坚固的要塞,
远离你街角处猛然间的惊异,
远离你简朴的工作习惯,
远离你清晨阳光中宽大的衣饰,
远离你作茧自缚、受折磨的纯真,

de tu martirizada inocencia de capullo,
de tus perpetuas canciones populares,
de tus silenciosos remotos y heredados,
del naranjal, el arpa y el campana,
de tu subsuelo rebelde y arrendado,
del vasto espacio de tu techo celeste,
de la emoción de arrullarte en los brazos,
de la alegría de besarte las manos
y de la certidumbre de amanecer contigo,

¡continuamos!

1977

远离你久唱不衰的民歌，
远离你继承来的久远的沉默，
远离柑橘园、竖琴和钟铃，
远离你租来的难以忍受的地下室，
远离你蓝色天花板下广阔的空间，
远离你怀抱中为你催眠的激动，
远离吻你手的喜悦情感，
远离黎明与你同行的新年。

我们继续吧！

1977

II

a Juan Carlos Herken y a la memoria de Marisa Giménez

Días de ojos ciegos a la línea del mar,
de horas siempre iguales, días sin libertad
PAUL ELUARD

Clavados en relojes que no hieren tus horas,
en dialectos que no escuchan tus sílabas,
en rincones que no escuda tu sombra,
en veredas que ignoran tus veranos, en un sitio
   que no sueña tus lágrimas, en el párpado azul de tu
     memoria,
en vacíos eléctricos y ajenos,
en nostalgias de violentas y oscuras pesadillas,
en ardientes y mudas cicatrices,
en antiguos y limítrofes gritos,

II

致胡安·卡洛斯·埃尔肯 并缅怀马里萨·希门
内斯

> 看不见海岸线的日子,时刻总是一样的日子,没有自由的日子。
> ——保罗·埃卢华德

盯着不影响你时刻的计时器,
听着不懂你音节的方言土语,
在你的阴影遮不住的角落里,
在不知你夏日的小路上,
在一个梦不到你落泪的地方,
在你回忆的眼皮下,
在电和属于他人的空间里,
在紫罗兰的思念和恐怖的噩梦中,
在火烫无声的伤疤上,
在古老比邻的呼喊声中,

en errantes y unánimes guijarros,

en un solo, innumerable estrago,

en la espera de ocuparte de nuevo,

en la víspera de invadirte las huellas,

en la puerta de tu sol liberado

y en la clara palabra de tu intacta temura,

¡vigilamos!

1977

在滚动的单色的鹅卵石中，
在孤独无伴的无数灾难中，
在等待重新占有你的时刻里，
在踏入你足迹的前夕，
在你解放的太阳的门口，
在你未及深情的话语之间，

我们警惕地守卫吧！

1977

III

a Elva Macías y Eraclio Zepeda

La sangre, el cielo, el pan,
y el derecho a esperar,
para los inocentes
que aborrecen el mal

                                PAUL ELUARD

Este es un llamamiento
para que tú te asomes al fuego de la vida
y en sus llamas de horror te purifiques,
para que tú te lances al río de los otros
y en su tibio caudal te reconozcas,
para que tú bebas de golpe la alegría
y en esa plenitud te desparrames,
para que tú te abraces al primero que pasa
y lo invites a caminar contigo,

III

致埃尔瓦·马西亚斯和埃拉戈里奥·塞伯达

> 鲜血、天空、面包，
>
> 以及等待的权利；
>
> 为了那些讨厌邪恶的清白无辜者。
>
> ——鲍尔·埃鲁阿尔德

这是一个号召，
为的是让你探身生活之火，
在恐怖的烈焰中净化自己；
为的是让你纵身跳进别人的河流，
在温暖的波涛中认识自己；
为的是让你突然间充满喜悦，
在无限的满足中如醉如痴；
为的是让你去拥抱第一个走过的人，
邀请他跟你一起去游历；

para que tú te duermas en un beso tranquilo
y no tranques la puerta de tu casa,
para que tú amanezcas con los ojos hinchados
al cabo de un insomnio de sueños taladrados
y sin embargo aspires contento la mañana
sonriendo al escuchar que esa muchacha
está roncando un poco, todavía.

Porque tienes derecho al pan, al libro, al aire,
al fugitivo amor y a la esperanza,
yo te nombro de nuevo en este llamamiento
¡y te hago mundial esta semana!

1977

为的是让你在一个平静的吻中入眠，
不要把你的房门死死地关闭；
为的是让你带着肿胀的眼睛迎来黎明，
因为你整夜失眠，噩梦连连的刺激。
但是，你还是渴望黎明，
听着那姑娘仍在轻轻地打鼾，
脸上露出幸福而满足的笑意。

因为你有权利吃到面包，
有权利读到书，呼吸到空气，
享受到短暂的爱情和希望，
在这个号召中我重新提起你的名字，
你会成为世界名人，就在这个星期！

1977

IV

a Pon Bogado Gondra y a la memoria de Katia Tatter

Si no dormimos es para acechar el alba...
que probará que al fin seguimos vivos
                              ROBERT DESNOS

Al despuntar el día
una historia de sangre clausurará sus venas,
un verdugo furtivo conocerá el olvido,
unas manos cansadas decretarán la vida,
unos ojos antiguos regresarán del miedo,
una llave herrumbrada liberará al jilguero,
una puerta blindada estallará en pedazos,
una efigie sombría expiará sus odios,
un jazmín circunspecto destituirá al invierno,
un grillo innumerable cantará como loco,

IV

致彭·博加托·贡德拉并追忆卡蒂亚·塔特

> 如果我们不入眠,那是为了窥视黎明,它将证明,归根结底我们还在活着。
>
> ——罗伯特·德斯诺

天一亮,
一种流血的历史将封闭它的静脉,
一个鬼鬼祟祟的刽子手将懂得忘记,
一些疲惫不堪的手将指点生活,
一些昔日的眼睛将从恐惧中回归,
一把生锈的钥匙将把朱顶雀从笼中放飞,
一扇装甲的门将在爆炸声中破碎,
一尊阴郁的雕像将终结它的仇恨,
一种庄严地茉莉花将煞下冬日的威风,
一种数不清的蟋蟀将疯狂地鸣叫,

un álgebra temprana distribuirá luciémagas,
una ardilla tontísima reirá estupefacta,
un gordo entusiasmado sudará sus polquitas,
una morena espléndida elegirá a un bandido
(una hermosa inocencia sonrojará sus muslos),
un autobús gratuito repartirá estampillas,
un cataclismo enorme fundará la alegria
y habrá por todas partes mucha gente -
(en realidad, casi toda la gente)
y un alboroto grande como un circo
y un bebé sorprendido preguntará al nacer
adónde vino a parar después de tanta espera.

Entonces volveremos.

1977

一种早期的代数学将把萤火虫分布,
一只拙笨的小松鼠将令人惊讶地大笑,
一个兴高采烈的大胖子将拼命跳起波尔卡舞,
一个皮肤黝黑的美女将选择一个强盗,
(一个天真的美女将为她的大腿感到羞愧),
一辆免费的公共汽车将分发邮票,
一个巨大的事件将给人间带来欢笑,
不管走到哪儿都是人山人海——
(实际上,几乎所有的人都出来聚会),
那股欢腾热烈的劲儿不亚于一个马戏团的热闹,
一个就要出生的婴儿将会惊讶地发问:
他等待了那么久现在要去哪儿?

那时,我们将会回来。

1977

V

a Vicenta Antúnez y Ricki Canese

Pero ni uno solo de nosotros se quedará aquí.
No está dicha aún la última palabra

BERTOLT BRECHT

Todos.
Los que habían sufrido la orfandad y el olvido,
la tortura, el destierro, la calumnia,
los que habían heredado el infiemo, el castigo,
la sed, la enfermedad, la cruz, la ira,
los que estaban rodeados de horribles forajidos,
de siniestra carroña y filo ardiente,
los que anhelaban cambiar esa tristeza
de ruinas y de ruinas y de ruinas,
y lucharon a muerte contra la muerte, el odio
y la inmensa ignominia de un corazón cautivo,

V

致维森塔·安迪内斯和瑞克·凯尼斯

> 但是,我们没有一个人会留在这儿,
> 最后一句话还没有说
>
> ——贝托尔特·布莱希特

所有的人。
那些遭受了孤儿处境和被遗忘,
遭受了酷刑、放逐和诽谤的人;
那些承继了地狱、惩罚、饥渴、
病患、苦难和愤懑的人;
那些被可怖的逃犯、卑鄙的小人
和烧红的利刃包围的人;
那些渴望改变衰败、破产
和崩溃的悲戚伤感的人。
他们跟死亡和仇恨做了殊死的斗争,
他们对加害一颗被监禁心灵的大肆污蔑顽强抗争,

y pactaron temblando un papel sigiloso,
una cita secreta, un nombre silencioso, un mundo más
   humano,
y soñaron abolir la estupidez y el luto,
unos labios unidos, un regreso temprano,
una vida infinita,
así,
con todas estas invencibles razones,
amor, pureza, flores,
poesía esperando,
al fin de esta larguísima noche dolorosa.

¡venceremos!

1977

他们全身颤抖着在一份秘密文件上签了字,
那是一个秘密的约定,一个秘密的名字,
一个最具人道主义的世界。
他们梦想着取消愚蠢和哀伤,
梦想着团聚、早日回归和辽阔的生活。
就是这样,他们用这些无可辩驳的理由、
爱、纯洁、鲜花和诗篇,
等待着这漫长而痛苦的夜晚的结束。

我们必将胜利!

1977